発明伝房

凡人凡発明、開き直りの発明小説

井山あきら［著］

日本地域社会研究所

コミュニティ・ブックス

もくじ

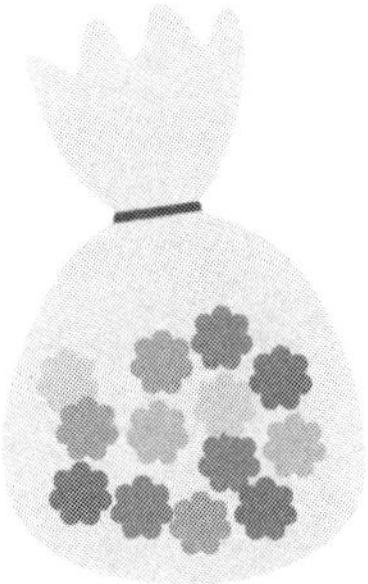

プロローグ

❖

午後5時、今月の個人発明研究会が終了した。

私は風見順吉という。会に参加していた。

私は、この会に参加するたびに思う。本当に、生きて戻ってよかった。この会のおかげですばらしい経験ができる。そして、今日も思い出してしまう。20年以上前のことを。


私は、地下鉄駅の駅員控室で目が覚めた。

昼過ぎ、地下鉄の階段を下りているときに気を失った。足腰の力が抜け、意識のまったくない状態で崩れ落ちる。腰、肩、そして頭の順番に、短い時間差で階段の角にぶつかってゆく。下り方向に倒れたため、落差はかなり大きい。少し仰向きになり右の後頭部を強打した。目撃者の話である。

倒れて意識がなく、駅のその部屋に運び込まれた。血が噴き出る外傷は見当たらなかった。右の後頭部あたりは、ボンと腫れあがり、色も変わっている。しかし、もともとの頭の形がわからず、また髪もあるため、ほかのひとからはひどいようには見えない。しばらくは意識が戻らないままだった。救急車が呼ばれる直前になり、私は気がつき、やがて話ができる状態に戻る。倒れてから20分ほど経過していた。

私は駅員から説明を受け、だいたいの状況を察した。極度に疲労困憊、心身が衰弱していたことを、あらためてかみしめた。また、頭の中の異常にも気づいていた。しかし、ひとに迷惑をかけないという配慮が勝った。駅員からは、大丈夫かと何度も心配されたが、問題ありませんと言っていた。30分ほど休憩をしたあと、帰宅した。

駅員とは適当に話を合わせていたが、直近の記憶が戻っていないことはわかっていた。激しい頭痛が続く。頭の中で何かが起きている。脳髄か何かが入れ替わっているような感覚だった。からだの随所にできた打ち身は、時間が解決する程度だった。


帰宅後、すぐに横になった。ヅギーン……ヅギーン……と、経験したことのない頭痛が波打つ。どんどんひどくなってゆく。熱もさらに高くなってきたようだ。

その頃は独身だった。夜になっても症状は治まらない。脳みそが再編成されているようにうずく。心細くなった。というより、万が一のために誰かに連絡をしておくべきと思った。親か、会社の仲間か、救急車か。選んだのは、つき合っていた彼女だった。電話をし、事情を話した。そして、次のようにお願いした。

「枕元に携帯を置いておくから、2〜3時間おきに連絡してほしい。生きてる確認を。……眠くなった。切るよ」

彼女は、冗談でないことはわかってくれた。

夜12時過ぎ、彼女は電話をかけてくれた。私は電話に出ない。

夜明け前の5時あたり、また電話をしてくれた。私は電話に出ない。

出勤前の7時半、3度目の電話をしてくれた。私は電話に気づかない。

彼女は、出社すると同時に、早退します、いや、休みますと告げ、私の家に向かった。


私は眠っていた。そして旅をしていた。

長い長い、いくつものイベントを経験する旅だった。

ひとつのイベントを終えると、次の世界に向かう。

不思議だったのは、次に向かう道に分岐がある。

そこに来たとき、選択しようとした道でない方向から聞こえてきた。

「そっちはダメ。こっちよ、こっちに来て」という声だ。2〜3回あった。

風見は素直にそれに従い、そしていろいろな世界をまわってきた。

その旅にあったことの多くは記憶している。しかし、誰にも話していない。

本当に長い長い、夢のような旅だった。


事故の翌日になっていた。午前中に彼女が来てくれた。私は昏睡状態に近い。彼女がやさしく揺り起してくれる程度では意識が戻らない。やや強く声をかけてもらいながら、大きく揺すぶられ続けたあと、少しずつ目が覚めてきた。

ここはどこだろう……。俺は誰なのか……。

うーん？ ……ここは俺の部屋か……。

戻ってきたのか。俺は戻ってきたらしい……。

「目が覚めた？ 大丈夫？ 心配したのよ。何度電話しても出ないから……」

あとで思えば、夢の中の「そっちはダメ。こっちよ、こっちに来て」は、彼女の電話だったのかもしれない。


その頃の私は会社を経営していた。学生時代に東南アジアと貿易する会社を立ち上げた。ずいぶんとわがままなリーダーだった。新しい情報が入ると、無理をしてでも参入していった。無謀なこともした。かなり、ヤンチャな経営者だったかもしれない。いくつかのライバル会社を意識し、仲間と少しずつ大きくしていった。

健康や食生活のことなど考えもせず、ただ事業の拡大を求め、いくつもの問題を常に抱えながら、精一杯がんばって生活していた。余暇を楽しむ時間などはなかった。

階段で倒れたときは、その会社が致命傷を負っていた時期だった。私が倒れる一か月ほど前に、最大の得意先からの入金が突然止まってしまったのだ。海外の企業だ。契約上の不履行義務を確認し、弁護士と権利主張など打てる手はすべてした。しかし、まったく埒があかない。会社継続は絶望的だ。

私は睡眠や食事もままならず、心労も限界に達していた。打つ手なし。放心気味だったんだろう、地下鉄の階段で、何かに誘われるように倒れていった。


倒れてから3日後に会社に行った。会社の仲間から連絡は入っていたが、信じられないことが起きていた。資金援助をしてくれる会社が現れていたのである。深いつき合いではない会社だが、ありがたい。直面している危機は何とか脱出できていた。幸運だった。

あとでその会社から支援の理由を聞いた。倒れる前日、私が直接に支援依頼をしていた。会社を変えると言っていたらしい。私には記憶がない。

そして、倒れた翌日、早朝に訪問していたらしい。私は自分の部屋で昏睡していた。

階段で倒れて以来である、私は、過去の記憶が頭をよぎるようになった。目の覚めている昼間でも思い出す。睡眠中の夢にもよく現れる。他愛のない記憶だ。

ひとつはこれだ。小学生のころ新しい遊びを考えた。ばくちの要素があったため先生に叱られたが、まわりには喜んでもらっていた。

またひとつはこの記憶。大きなトラベルケースと手荷物をいくつも抱え、新幹線ホームに上るエスカレータ前で困っている女性がいた。躊躇せず声をかけ手伝ったが、その際に彼女のコートの端を踏んでしまい、少し汚してしまった。しかし彼女は怒らず、笑顔でお礼を言ってくれた。

またこんな記憶も現れる。ビジネスで訪ねた東南アジアの会社がある。そのまわりには子どもが多く、環境の悪い場所があった。私は環境がよくなるように設備を提供した。完全にボランティアとして。現地の人々は驚き、すばらしい笑顔を返してくれた。ただし、お金が少なくなり酒代がかなり減ってしまった。……などである。

これらのシーンが甦るのである。いずれも欲などなく直感で動いたことだ。結果は想定外、まわりのひとが満足してくれたという記憶である。

似たような記憶ばかりが、繰り返し思い出す。こんなことは、今までになかった。

会社再建に向け活動を始めた。しかし、私の身の入り方が今までと違う。グイグイと押し出していた今までと違う。決して臆病になったわけではない。真剣に再建活動をしたが、今までの自分とは違い、何かが変わった。

やがて、経営のほとんどを仲間に任せる方針にした。同時に、私自身の今後を考えた。過去のシーンがなぜ頭をよぎるのか、長い長い夢のような旅は何だったのか、と。やがて、ひとの支援をする活動をしてみたいと思うようになった。

《どのように世の中が変わろうとも、ひとには生き甲斐が必要だ。生き甲斐とは幸福感を得ること。得る方法のひとつに、こんな方法もある。

邪《よこしま》な欲を持たず、訪れた直感を信じ、それに従い素直に行動する。

どんな結果になろうとも気にしない。

誰しも、それに取り組んでいる時こそが、最も幸せな時間帯となる》

これを確かめるために、ひとの支援をしてみたい、と。当然、自分もそのようにする。

❖

日曜の夕方、地下街を歩いていた。大きな袋を持った男性とふたりの女性が歩いている。私とほぼ横並びで歩くタイミングとなったときである。

話が少し聞きとれた。女性が男性に声をかけている。

「あの発想、本当にいいわ。なかなかないわよ。今日の発明大賞、私もうれしい！」

「アドバイスのおかげですよ。本当にありがとうございます」

声は大きくはないが、ていねいに、満面の笑顔で男性は答えていた。

私は推測してみた。男性が何かのアイデアを思いつき、その女性からのアドバイスを聞き入れ、そして試作した。今日行なわれた何かの大会で、賞をもらったのであろう。大きな袋の中は、そのアイデア品に違いない。

私は不思議な気分だった。歩いているときに、他人の話が鮮明に耳に残っていることである。今までの経験にはない。多くの雑音が入り乱れる中で、よく彼らの声だけが聞きとれたものだ。

それにしても、彼らは何とすがすがしい顔をしていることか。


やがて彼らとは離れていった。そのあとに、私は思い出した。この近くに貸会議室を多く持つビルがあることを。会社の事業説明などを行なった際に何度か使っている。

私はそのビルに向かい、そして「本日の予約パネル」を確認した。

日曜のため、イベントや会合が詰まっている。その中に「個人発明研究会・発明コンクール」とあった。

1か月後、私はそのビルで開催している個人発明研究会をのぞいてみた。

初めてであったため、会の説明があった。発明好きなひとが集まっていること、誰でも参加できることなどを聞いた。月に一度の会があり、年に一回、発明コンクールがあるとのことだ。先月はそのコンクールの月だったようだ。

私は、まず、なんという透明で明るい空気感かと思った。いつもいるビジネス世界とはあまりにも異質なことを強く感じた。澄んでいるという表現がピッタリの雰囲気である。清らかな世界を自分自身が欲しているのかもしれない、そのような気がした。

40名ほどが集まっている。いかにも町の発明家然とした風貌のひとがいる。とくに目を引いたのは、年配の男性の髪型だ。まるでアインシュタインのような髪型のひとがいる、長い毛をうしろで結っている人がいる。ひとを見ているだけでもおもしろい。女性は3〜4割ほどだ。

会の前半は講演会だ。今日の講演者は、その会の顧問弁理士とのことだった。弁理士という資格があることも、ここに来る数日前に知った。

後半は、ここに来ているひと、会員メンバーの情報交換の場である。研究発表と称し、個人で取り組んでいるアイデアや試作品を発表し合っている。ひとりずつの説明が終わると、そのアイデアや現物品について意見交換の時間が取ってある。

私は思い出した。大賞をもらったと言っていた男性は、この時間で彼女からアドバイスをもらったに違いない。

私は一件ずつの発表を真剣に聞いた。高度な技術を使った発明ではないが、本人にとっては大発明のごとく説明するひとがいる。少しシャイな感じで、しかし着想が斬新なアイデアを披露するひともいた。

それぞれに対し、質疑応答時間がある。かなりストレートな意見が多い。

「そんなモノは、売れません。私は使いたくありません」。女性から言われると、立ち直れないかとも思うが、受けた本人はニコニコしている。

「同じモノを見ました。新しくない。見たモノはもっとよかったです」なんていうのもある。こんな言葉を聞けば、元気がなくなりそうだが、「どこで見ましたか。どこがよかったですか」などと逆に深く聞き込んでいたりする。

ストレートな意見を否定的にはとらえず、素直な表現であると理解できるひとたちのようだ。

発表と意見交換の時間が終われば、会場全体が笑顔となっている。多くのひとたちが、それぞれの発明に挑みながら、この会でもすばらしい時間を過ごしている。

《自分自身で考えついたアイデアを、それを素直に形にして発表する。どんな結果になろうとも、本人もメンバーも楽しんでいる》

私は思う。この会には、私がめざし始めた世界に似た要素がある。この会は自分に合っている、いい経験ができそうだ。その日のうちに、私は会員となる申し込みをした。

私は、自分の転機と不思議な旅、発明との出会いを思い出していた。それ以来、もう20年以上が経っている。

❖

午後5時、今月の個人発明研究会が終了した。

今日も私の位置は会場の右後方だった。ほぼ指定席となっている。今日の後半、個人発明の研究発表は5件だ。それぞれの質疑応答時間に、私はいつもと同様、手を上げた。着想や発想について、私が素直に思ったことをコメントした。また、試作品で苦労した点への質問もした。

会が終了したあと、発表をした3名を含め、6人が私のまわりに集まってくれた。アイデアがひらめいたときの話をさらに深く聞く。また、試作品作成の努力をねぎらった。20分以上経ったただろうか。集まったひとも帰っていった。

会の後片づけもおおむね終わっていた。私は事務局のひとに声をかけた。そのひとの名前の一文字を取り、山さんと呼んでいる。20年来のつき合いだ。

「お疲れさま。本日もいい会でしたね。いろいろな刺激をもらいました。……ところで山さんは、今は何の発明に取り組んでいるんですか。いつも発想がユニークなので、気になってるんです」

山さんからは、こうだった。

「風《ふう》さん、今日もコメント、ありがとね」

山さんは、私を「ふうさん」と呼んでくれる。この呼び方は山さんだけだ。続けて山さんは言った。

「今の発明か……。ご存じのとおり、わしのアイデア品は、数打てど当たらず、どれもこれも中途半端ですわ。ひとつひとつ白黒つけるまで辛抱強くがんばれません。次々とやってくるアイデアに振りまわされっ放しですわ」

私は、連続してアイデアを出すことが難しいことを知っている。

「アイデアに白黒をつける。確かに大事ですが、次の着想を追いかけることも貴重で、すばらしいことですよ」

山さんは、考えていることを具体的に話してくれた。

「小説ですわ。わしのアイデア品をモチーフいうか……ネタにして、短編の小説にでもならんかと、鋭意執筆中ですわ。アイデアへの取り組みは、誰にとっても健康的。これを広めるために、わしはわしの方法でやってみよう思っていますわ。今、わしの小さな事務所で、少しずつ書いてますのやわ」

私はこう答えた。

「小説ですか。なるほど。小説はフィクション……。話の中にアイデア品を入れるわけですね……。また、小説ですからシナリオは自由に組める。登場させるアイデア品を大ヒットさせても構わない。個人の発明品と小説の組み合わせ、これは相性がよさそうですね」

山さんは、次のように言った。

「今の時代、思いついたアイデアは権利化して押さえておくことが王道や。そのアイデアを小説なんかにしたら、おおやけの情報、周知の事実になってしまいますわ。権利化はできなくなります。わしも真剣に考えましたな。そして、権利化してないアイデアについては、こだわらんことにしましたわ。

しかし、アイデアには少し未練もあります。というよりは、せっかくわしに訪れてくれたアイデアに申し訳ないと思います。万が一やけど。万が一、この凡小説の読者が、小説の中の凡発明品を本物の商品にでもしてもらえたら（※）、こんなうれしいことはありませんわ。そのひとの気の向いたときにでも、わしに連絡いただければ、それだけで大喜びやわ、ほんまに。そんなことしてもらったら、未練もなにも吹っ飛びますわ」

山さんは、しばらく間をおいて続けた。

「そろそろ言おう思うてたんやが、ふうさんにお願いがあるんや。小説の中に、ふうさん、出てもらえませんか。わしの知ってるふうさんの言動、気に入ったものを入れたい思てます。いずれの短編にも、風見ちゅう名前で、少しずつ登場してもらいたいのやわ。ええですか」

私は少し驚いた。それは、山さんの申し出を聞いた瞬間、思い出したからである。

駅の階段で倒れた夜、長い長い旅の夢をみていた。いろいろな非現実的な世界をまわっていた。その中に、自分自身が活字になる世界があった。多彩な文字たちと個性をぶつけあい、相性のよい仲間とつながり、すばらしい文章になっていく世界だった。


私は夢の記憶を吹っ切り、そして笑って答えた。

「私を登場させてもらえるとは、うれしいですね。それにあたり、ふたつのお願いがあります。登場させる風見の名前と年齢です。名前は、私の風見順吉ではなく、吉は使わず風見順でどうですか。順とすれば若々しい名前になりますよ。私の名前についている吉、この吉を自由にして、読者の人に少しでも縁起のいいことが回りますように……。そして、架空の風見の年ですが、私は60歳を超えています。できれば40歳くらいの設定で進めてもらえませんか」

私は、山さんから笑顔つきの了解を確認した。

そして、山さんからうつってしまった関西っぽい変なアクセントで言ってみた。

「発明小説、それ自体が山さんの新発明ちゅうわけや。発明への取り組み、これは誰がしてもすばらしいことやと伝える小説や。

書いてる事務所は、さしずめその工房、名づけて発明伝房や。風見順をよろしく頼みますわ」

＊挿し絵：井山あきら

※小説内に記述する凡発明品につき、実際に製作し販売される場合には、ご自身の責任をもって、知的財産権の先願調査などで権利侵害にならないことのご確認が必要となります。凡発明品として記述している内容は公知となりますが、記述されていることで知的財産権の権利化対象から外れたことを保証するものではありません。

この小説はフィクションであり、実在の団体や人物とは関係ありません。

第一話

風を継ぐ

凡発明品「うちわ立て」

主な登場人物

吉田玄一・良子

〔長女〕文・〔夫〕杉村浩史・〔孫〕翔太

〔長男〕健一・〔妻〕恵里

職人の鉄

風見　順

❖つなぐアイデア

「うちわの風は気持ちいいか」

　良子おばあちゃんに扇《あお》いでもらっている翔太が、心地よさそうな顔つきをしているのを見て、玄一がいった言葉である。吉田玄一は、先代からのうちわ作りを引き継ぎ、何とか今まで手作りうちわを作ってきた。

　繁盛していたころは職人を5人かかえる吉田うちわ店だったが、今は自分と職人の鉄さんのふたりだけの製作会社となった。鉄さんは無口だが、おやじに恩義があるとのことで残ってくれている。圧倒的に減った仕事では、職人を囲えない。

　大量生産による安価なうちわが、昭和30年代後半に現れ、またたく間に手作りシェアが落ちていった。しかし、吉田うちわを扱う専門卸には根強いファンもいる。多くの手作りうちわ職人がいなくなる中、手作り感を求めるひとにとっては、高価であっても、切ることのできない存在なのである。

「このうちわは、大おじいちゃんが作ったんだよ。軸が何本もあるよね。この軸のことを、うちでは脈といっているのよ。この脈をそっとさわって、そして扇ぐんだよ。……そうすると、その風は本当に気持ちいい。そして、気持ちいいときに願いごとをする。望みが叶えられるんだよ。不思議なうちわだろう」良子は、やさしく言った。

「みゃくをさわるの？」祥太は言った。

「うちわの風は気持ちいいか？」と、玄一が祥太に聞いた。

「うちわの風にどれだけ当たっても、身体はだるくならない。なぜかわかるか、翔太」

扇風機やエアコンのことを、体調を崩す元凶のようにけなすこともあるが、そのことは翔太には言わない。

「ひとは、おお昔からうちわを使っているんだ。うちわは自然のもの。ひとも、自然のもの。自然と自然だから、からだにいいんだ」


吉田家では、ときどき親戚が集まる。先日は玄一の喜寿祝いをした。お盆には、墓参りと昼と夜の食事を一緒にしている。集まるのは、今回も同じ。吉田玄一・良子夫婦、その長女の文《あや》と夫の杉村浩史、その息子の祥太。文の弟で、吉田家の長男健一と妻の恵里、健一たちの子どもは7歳と4歳になる。この計9人である。玄一の大黒柱風の渋みと、良子のピンと張った振舞いで保たれた、そこそこ賑やかなうちわ一族である。


めずらしく、玄一が息子の健一に話をしている。健一は会社を持っている。

「何が広告ビジネスか。どこで勝負してもいいが、お前からは真剣味が感じられん。自分の性分に合ってない仕事やから信念もできんのや。信念があってこそ真剣味が出る。そういうもんや」

玄一は酒が好きであったが、肝臓が悪くなったため、ほとんど飲まない。集まるときは、雰囲気だけを味わいたいのか、一口だけのビールを注いでもらっている。

小柄なやさしい良子おばあちゃん。若いときは玄一とともによく働いたという。こころを込めて作ったうちわは、気持ちいい風を生むのよ、が口癖だ。吉田家で古くから使っているうちわを、たまに脈を触りながら、やさしく扇《あお》ぎながら、良子は、みんなの話をだまって聞いている。翔太は隣だ、ふたりは相性がいい。


健一が、姉の夫である浩史に会話を向けた。

浩史は上場会社に勤めているが、数年前から販売子会社に出向となっている。工作機械を扱っている。

「浩史さん、会社はどうですか」

「ひとに気を使うだけ。健一君とは気の使い方が違うと思うけど。若いころに考えていた、自分のやりたいことは到底できそうにない。そのうちに忘れ、気がついたら定年、っていうことかな」

と浩史は言った。

「会社を経営してても悩みばかりですよ。最近は若手のライバルも多くなって、最新の技術で負けてしまう。仕事も少なくなっています。収入・収益のことが頭を離れたことはありません。俺も浩史さんのようにサラリーマンになろうかな……」と健一は言った。浩史は、就職している自分には、わからない悩みだなと思った。

玄一は手作りうちわをよりよいものとするため、若いころからずいぶんと苦労してきた。同業者をまとめるため、卸《おろし》と協議をしたり、また、仕入れの共同化なども実行に移した。新しい商流構築は、本当に大変な作業だ。手作りうちわのよさを知ってもらう活動やイベントも、数多く行なってきた。しかし、30歳代半ばに誤って工具が腹に刺さり、肝臓の手術をした古傷の後遺症か、最近はめっきり体調が悪化している。以前は、何人分もの働きをしたものだが、今の動きには精彩を欠いている。うちわ屋を継ぐ者がいないことも、体にこたえていた。

良子の見通しはこうだ。息子の健一は会社を経営している。娘婿の浩史はサラリーマン、中堅どころだ。到底、うちわ屋家業を継ぐことはないだろう。残った職人の鉄さんを頼りにするしかない。吉田うちわ店を継いでもらおう。そうして玄一を安心させ、ゆっくり養生させてあげたい、と。それまでは、しっかり明るく振る舞おうと気を張っていた。

健一は仕事は多忙、やらないといけないことが山のようにある。目いっぱい働いてはいるが、経営の先行きは不透明のまま。借金経営に陥るギリギリのところだ。一番の理由は、仕事に自信がなくなってきたこと。自分でもよくわかっている。妻の恵里は、学生時代の元気な健一に戻ってほしいと思っている。健一が元気でないと、家族中のリズムが狂ってしまう。息子の祥太がいじめにあっていることも、そろそろ先生に相談する時期かと考えている。


実家から戻り、文《あや》と浩史で話をした。

「吉田の家も悩みが多い時期に入ってきたなぁ」文が言う。

「健一君も、ライバルに負けられないと言っていたよ」浩史は答えた。

文は、健一の性格の話に持っていった。

「健一は昔からおとなしくて、コツコツやるのは好きだけど、ケンカはできない。張り合うことは、性に合っていないのかも」

「昔からコツコツって、何をしていたの」浩史は聞いた。

「竹細工。虫かご作りや、鉄砲作り。作っては、友だちに配っていたわ。リピートがあると喜んで、喜んで、コツコツと。勉強は嫌いだった、本なんかは読んでいるところを見たことがないわね。何とか大学に入ったものの、何やっていたのか、わからない。突然、卒業したら独立起業するって。このときだけは頑固だった。恵里ちゃんがいたのが大きかったのかな」文が言った。

「健一君の会社、かなり苦しそうだし、起業時のエネルギーもないような気がする。どうしても時間がたつにつれ気力が薄れて、自信がなくなってくることもあるからな……」

浩史は、健一の話から玄一の悩みに切り替えた。

「おとうさんも、健一君のことや病気のことで、だいぶ元気がなくなってきている。うちわ家業をどうするかもあるし……。健一君には、家業を継ぐ気はあるのかな」

「健一は、うちわ製造は完全に過去の仕事と思ってる。今の時代では、家業として成り立たせることは無理と思っているわ。職人さんに、いくらこころを込めて作ってもらっても、安いうちわにはかなわない。親には申し訳ないけど継げないって言っていたわ」

文の重い顔つきがそこにある。

「もともとコツコツ作るのが好き。喜んでもらう楽しさも知っている。しかし、うちわは商売にならないって言っているんだ……」浩史は言葉を繰り返した。


浩史は考えた。いろいろな問題や課題があるとき、少し斜めから見通し、解決案を考えることが好きだった。吉田家は、家業の引き継ぎと健一君の会社経営難を抱えている。浩史は、そこに自分の鬱屈《うっくつ》も忘れない程度に加え合わせ、解決案の一筋を探った。手元にあったうちわを、吉田の作法で扇ぎながら。やがて、そろそろ健一君に家業を継いでもらうのがいい時期だろうと結論づけた。

家業といっても「従来通りのうちわ作り」ではなく、何か新しい知恵が必要となる。玄一おやじの代にも、商売のやり方をかなり変えている。健一君も変えないといけない。今の時代に合わせた変革を行なうタイミングなのだ。新しいうちわ作りに挑戦する。もともと行動力があることは、起業をした実績を見てもわかる。コツコツ行なうという性質に加え、ひとに喜んでもらうことを大切にする健一君には、その道が合っていそうだ。玄一おやじも安心する。おかあさんの良子も喜んでくれる――。

浩史の鬱屈はこうである。浩史としては、何か後世に残る仕事をしたいものだと思い、会社勤めをしているが、はたしてこの会社でできるのかと疑問に思い始めていた。その矢先、出向となった。出向後にどの程度の出世ができるのかも、おおむね見えている。文や翔太に、父親らしい価値ある仕事ぶりを、なかなか見せられないでいる。

会社では、ひらめいたアイデアを書類にまとめ、職務を超え、何度か提案説明をしたこともあった。しかし、実施に至るには程遠かった。

話をした相手に冒険するような気がなく、何とも致し方がなかった。

本当にこのまま働いていていいのか、転職しようか。しかし、決断できない自分の不甲斐なさにも疲れてきている。

転職のタイミングは自分で作るもの、ということはわかっているが、何かのキッカケを待っている自分がそこにいる。

浩史の息子、翔太はひとりでいるのが好きだ。その性格が原因なのか、学校でいじめにあっている。帰ってきたときには元気がないらしい。玄一じいちゃんからは、「いじめられたまま帰ってくるな」と言われ、良子おばあちゃんからは、「健一もよくいじめられていたよ、でも、やさしいひとになったよ」と言われているらしい。

浩史は、10年以上前から、ネットで見つけた「個人発明の会」に顔を出すようになった。月一回の会合であり、個人アイデアについてのいろいろな情報が手に入る。毎回50人ほどの参加者だが、いずれもすばらしい発明アイデアを持っている。

会では、機密保持を約束した研究発表がある。誰でも発表できる。発表した内容に対し、参加者は、誠に率直な感想を述べてくれる。利害関係がまったくない会だからできる。場合によっては、「何がよいかわからない」「誰もそんなモノは欲しくない」などの厳しい意見も出る。

浩史も、会社でボツになったアイデアや、自分で考えたアイデア品を発表してみたことがある。しかし、高い評価はほとんどなく、「市場ニーズなし」とか「改善余地、大いにあり」などとの痛烈で散々だった。この個人発明の世界も厳しいものだ、と思い知らされている。

発明に少し興味をもったため、権利化するための特許申請についてもいくらか挑戦を始めた。何事もやってみないことにはわからない。自分の持つアイデアの中から、申請しやすい、すなわち表現しやすい発明品について、試しに特許申請をしたこともある。

この特許取得に関する活動も、多くの壁が立ちはだかったが、何とか特許取得まで至ったこともある。商標についても、まずは経験として試してみた。ネーミングの深さについても、ある程度のノウハウをつけていた。

吉田家の課題を考えたとき、この個人発明への取り組み経験が判断に影響していると思っている。吉田のうちわ家業も、すばらしいアイデア品を生み出せば立派に生活ができる、この確信にも近い判断ができたことだ。

浩史は、まず、うちわについてアイデアを考えてみた。単純なものであるため、今まで考えたこともなかった。数日間で、30近くのアイデアを思いつきはしたが、さて吉田うちわ店のためになるかと考えた場合、脱落するものが多い。さらに1か月以上も考えた。

そのうち、三つの可能性のありそうな候補案が残った。よし、まずは、その中のお気に入りのアイデア品について、試作品を作ってみよう。材料を選び、不足道具も買い込んだ。

いくつかの失敗をしたあと、我ながらまずまずのものができた。

さっそく、例の「個人発明の会」で披露してみた。予想通り、多くの改善意見をもらったが、強く支持するとの意見も幾つかあった。「そのモノが出れば、私は確実に買いますよ」という意見が最もうれしかった。そのときの参加者31名中、なんと、３名に支持された。支持率一割。これには勇気づけられた。日本の人口は一億人だ。支持層の率を計算すれば、自然と元気も出るというもんだ。

よし、このアイデアでゆこう。これで吉田うちわ店に新たな道を拓くぞ。

「このアイデア、どう？　これで、健一君が家業を継がないかな。どう思う」

浩史は、文にアイデア試作品を説明した。浩史の吉田家改革作戦の一歩目である。

文《あや》はしばらく試作品に触れ、そして

「このアイデアは、いままでのあなたの中で一番いいと思うわ。使いやすいし」と言った。

文からこんなに前向きな意見をもらったことがなかった。格別にうれしい。

「ただし……健一がやる気になるかな。いくらこのアイデアのよさを説明しても、やる気を起こさないような気がする。きっと、浩史さんが継いでください、やってみたらって言うわよ」

「このアイデアは、個人発明の会でも評価してくれるひとがいる。たった今、文もいいと言ってくれたじゃないか。欲しいひとはかなりあるとみているんだけど」

「うーん。欲しいひとがいるとかいないじゃなくて。何というか……健一のやる気、ああ見えて、自分で、自発的に言い出さないと動かないわ。浩史から言ってもね。今の仕事もあるし――」

「健一君のやる気か。なるほど」

「そう、健一にやる気をどう持たせるか、ということよ」


数日後、いいことがひらめいた。試作品のうちわを扇《あお》いでいるときだった。脈をさわっていたのか、気持ちが和らいでいたようだ。

さっそく、文に話をしてみた。

「健一君自身がそのアイデアを着想した、そのように仕向ける。自分でひらめいて、考えたものであれば、やる気が出るんじゃないか。まわりからの高い評価もあれば、動き出す気がする」

「うーん。どうだろう……」文は、この少し姑息なやり方には気が向かなかった。

「このアイデアは、俺が考えたものとして説明するのではない。健一君にひらめいてもらえばいい。……これから、時間をかけて、健一君がこのアイデアにたどり着くように誘導してみるよ」

文は、小細工がばれたときの浩史と健一の仲が悪くなりはしないかと、頭をよぎった。

「文、頼むぞ。健一君から、そのアイデア話を聞いたときには、俺にしてくれた以上の高い評価を頼むよ。それと、この話は誰にも内緒だ」

文《あや》は思った。あなたの試作品も、精一杯の演技でほめてあげたのよ。

浩史は、この作戦のことを考えていた。自分のアイデアに、少々うぬぼれてはいないか――。少し卑怯ではないか――。いずれも重々承知している。しかし、健一には、今のアイデアをさらに洗練し、実現可能な本物に仕上げてもらいたいという希望がある。評価してくれるひとがいることは確かであるため、この作戦で進めようと決心した。

浩史は、構想が固まったことで、今までに経験したことのない元気が出てくるのを感じていた。

よし、今週末からだ。

❖作戦実施

「健一君と喫茶店なんて、文との婚約まもないころ以来だな」浩史は話を始めた。

「そうそう。姉さんの結婚にはびっくりした。そのとき、浩史さんは会社で大きな仕事をしているんだと言っていた。その目標へ一直線で、少し怖かったよ」

今から思えば、そのころは自分の直感を信じ、あちこち動きまわっていただけの時期だった。

「健一君こそピッカピカだったよ。卒業した直後に会社を作るんです、今は本当におもしろいですよ、って言っていたな」浩史はお返しをした。

「そうでしたね……いろいろあって……楽しかったな」健一は思い出しているようだ。

「そりゃ起業となれば、頭の中は夢ばかり。失敗や停滞などの単語は辞書にない。思い浮かぶことも楽しいことばかり――」浩史は相づちをうつ。

「少しの資金での起業でしたが、いくつもやることがありました。メンバーも頼りになりました。恵里のことも、会社の調子が出てくればすぐに結婚するんだなんて考えていましたね」普段よりも余分に話す健一だ。何かある。続いて健一は言った。

「しかし、今はかなり危ない状況に陥っています。浩史さんにお金を借りることは考えていませんが、資金繰りの問題に陥っています」

「内部留保金や売掛の問題かな」浩史は言った。

「どちらも問題になっていますが、最大は受注量の減少と、単価引き下げによる収入ダウンです。ライバルのベンチャーは怖いものなしです。私たちのお得意先様に突っ込んできますから……」

健一君が起業したころは、君が突っ込む側のベンチャーだったんだよ、今は逆の立場を味わっている、と浩史は思った。

「今であれば、大きな借金も抱えていないので、何とか会社清算ができそうです。会社のメンバーには話はしていません。そのあと、どこかに就職しようと考えています」

健一は、少し遠くを見つめながら言った。

翌週の金曜、飲みに誘った。健一と外で飲んだことは、ほとんどない。以前、偶然に同じ店で飲んでいるところを見つけ、健一とその仲間に焼酎一本をプレゼントしたことがある程度だ。

とりあえず、ビール。それと枝豆、このサービスセットと刺身盛り合わせ、とりあえず以上でお願いします。店の女の子に頼んだ。

「カンパーイ」

「会社の行く末、方針は決定したの？」浩史は飲みながら聞いた。

「もう少しがんばろうというひとがいて、検討中です。もう少し待って、先が少しでも見えたときに社長職を交代しようとも思っています。次に社長になってくれるひとは、たぶん受けてくれます。ただし、会社の先が見えるようにならないと……」健一は答えた。

「次の就職先については、それから考えるということ？」浩史はたずねた。

「本気では探していません。時間もあまりなくて……。しかし、次にやることがはっきりと見えれば、何もかもが進んでいく気がしています……」健一は、時間がない中、考えが揺れている。

「次の職かぁ。職は好きなことがいいと思うよ。健一君の好きなことは何かな」

「大学時代から適当にいろいろやってきましたが……好きなこと……ですか……」しばらく考え、ビールを飲み、健一からは予想外の答えが返ってきた。

「ひとに喜んでもらうことをやりたいとは、思っています」

玄一おやじの生き方が影響しているると直感した。浩史は、ひとに喜んでもらう仕事をしたいと思っているひとが、世の中に多いのか少ないのか、そもそもそんな話をあまりしていないので、よくわからない。ただ、やりたいこと、に対する回答としては、なかなか言える言葉ではないと感じた。

「好きなことは、小さいころを振り返るとヒントがあると聞くけど。健一君はどんなことが好きだったんだい。……俺は、粘土で作ったロボット同士の戦いかな」

「小さいときですか……男の子は戦う遊びが好きですからね。粘土遊びもしました。……でも私は、竹で作ったゴム鉄砲です。本当によく作りました。よく当たるんですよ。虫なんかを的にしていました。学校では、遠くのほうに鉛筆なんかを立てておいて、的当て得点ゲームをしていました。戦争ごっこもしていましたねー。みんな、喜んでやっていました。それが元でケンカも起きていたような――」

「へぇ、すごいじゃない」

「小学校にいくつも持っていったので、先生に叱られました。ケンカになるので鉄砲を配るな、学校へ持ってくるな、と。男の先生ですよ。わからないヤツもいるものだと、つくづく思ったものです」健一は言った。

「作ることが好きだった？」浩史は、わざと繰り返してたずねた。

「私のゴム鉄砲は2連式、たぶん何も教えてもらわず、自分で考えたような記憶があります。それと、いまでいう操作性というヤツ、鉄砲の持ち手、グリップのところを持ちやすい工夫を加えました。この工夫は教えてもらいました。好きな女の子に注目されるのも目的でしたけど（笑）。チューニングして持ってゆくたびに、お得意先様は大変よろこんでくれました」

「すごい経験があるな、人気の工房だったんだ。ところで、グリップの工夫は、誰に教えてもらったの」浩史はたずねた。

「職人さんです。おやじには聞けませんし。竹で持ち手をつかみやすく加工するのは、かなり難しいんです。奥が深いんですよ」と健一は答えた。

「すごいじゃない。工夫して、製造をプロの職人に協力してもらう。小さな発明家だな。その頃から実業家の素質があったんだ」浩史は続けて言った。

「それが本当の健一君の姿かもしれない。その姿を活かしたような職がいいんじゃないかな、次は――」

浩史は、後世に残る仕事をしたいと思っていた。健一は、作ることが好きで、使ってもらい、ひとに喜んでもらうという仕事があっている。どこか少し似ている。

スミマセン。ビール、おかわり2杯。

2週間後、浩史は実家に行った。昨夜、連絡をもらったからである。

「先日はごちそうさまでした」健一が迎えてくれた。

「おとうさん、大丈夫？　吐血したとか……」いよいよ肝臓がヤバいのかと浩史は思っていた。

「肝機能不全の一歩手前だそうです。状態は相当わるいです。吐血はおさまりましたが、これからも吐血は繰り返すらしいです。本人は、今、眠っています。お医者さんによると……おかあさんには言わないでください……まだ誰にも言っていないんですが、長くないようです、長くて一年……」

「一年。長くて、か」健一は小さくつぶやいた。

「でも、おとうさんは、まだ、仕事しているんだろう？」浩史はたずねた。

「ゆっくり、少しずつ。体調のいいときに、うちわの脈作りをしています。たまに鉄さんも来ますし。鉄さんは、もう40年くらいたつのかな、職人としてよく残ってくれています。まだ60歳前ですが」健一は答えた。

ふたりで玄一が休養しているベッドを見たあと、コーヒーを飲みながら話をした。

「ところで、会社のほうはどう？」浩史から聞いた。

「仕事が本当に少なくなりました。これから続いても半年。何かしないといけないので、新規のお客様を開拓しています。でも、新規はなかなか収支が合わなくて。でも、この半年をがんばって、収支のあう状態にもってゆくしかないです」

健一は、苦境の概略を説明した。

「社員さん、3人だっけ。立ち上げからのメンバー……」浩史が聞いた。

「ふたりの立ち上げメンバーが残っています。学生時代は喧々諤々《けんけんがくがく》、意見が合わず、腹が立ってモノを投げ合ったときもあるんですが、ここ最近は、お互い、先がわかったように落ち着いて……。受注した仕事に流されているだけになっています」健一が答えた。

「ところで、何を作るのがいいか、次の職だけど。考えた?」浩史から話を替えた。

「覚えていますよ。小さいころのことを参考にしろ、ってことでしょ。……考えましたよ。世にあふれるさまざまな商品で、いまだ商品がない場所を考えてみました。

ビジネスの空白領域を探すのは、本当に難しいですね。ドラえもんのように、空想の世界のモノしか浮かびません。次に考えるのが、空白ではなく、商品の改良、バージョンアップといった領域です。たとえ、零細企業が世に出しても、売れるものであれば、すぐに大手企業の資本力とやらで市場が席巻されてしまう。残酷な世界も、そこにはあります」

新参者は商品製造ではなかなか参入できない時代である。健一は続けた。

「何を作るかですが、たどりついたのは、まず、第一に、いまだに現れていないモノしかない。それを世に提案し、受け入れてもらう。シャレたデザインでないと受け入れてもらえません」

「いまだに現れていないモノ？」

「たとえば、鉛筆とかペンとかの筆記具とすれば、通常は棒の形状です。手で持って、書きやすくなっています。この常識を覆し、えっ、これが筆記具？　みたいな形のものです」と健一は言った。

「それでいて、シャレたデザインが必要ということ――」浩史が言った。

「そうです。でも、今そのモノがないのですから、思いつきません。いろいろと生活の中を見渡しているのですが、生活に不自由を感じるものは、見つかりません。たまに思いつくことがあります。しかし、それをネットで検索すると、大抵は存在しています。……何でも手に入る、本当にいい世の中になっていますね。考え方によっては、こんなにモノが豊富な世の中で本当にいいのだろうか、と考え込んでしまいます」と健一は言った。

「健一君。俺も、こんな商品が満たされた世の中でいいのか、心配でしょうがない。不便さがなくなるということは、ひとは考えないようになるということ。たとえば、突然、特定のモノがなくなったら、ひとは正常を保てるのか。考えてしまうことがある」浩史は合わせた。

「まだないモノに注目するのではなく、モノを大切にする気持ちも重要なポイントかなと気にしています」と健一が言った。

浩史は、家業がうちわ職人ということが関係していると感じた。

「新規で何かを作り始めるひともいるが……最初は脚光を浴びても、すぐに廃れる。いいものであれば、すぐにコピーされる。大手が参入する。まず勝てない。新規で始めたひとのうち、ごく一部のひとだけが生き残る。本当に厳しい世界。

……私も経営で辛酸をなめていますから、本当によくわかります。何かの特徴、ひとが追随できない何かをもっていないと、生き残れないのでしょう。私の仕事の特徴は、若かったこと、と思っています」健一は言った。

しばらく間をおいたあと、浩史が言った。

「うーん。私から言うのもなんだけど。健一君、家業を継いではどうなの。その気のないことはよく聞いているけど。うちわは、立派な完成された商品だと思う。たぶん、歴史の長い日本の文化にピッタリ合った商品だと思っている。吉田うちわ店を継ぐのも選択肢にはならないのかな」

浩史は、小さいころ、ものづくりがすきだったこと、今の時代の求められているものづくりには追随できない何かが必要であること、いずれも健一自身から引き出している。そろそろタイミングと思い、話を切り出したのだ。

「継ぐ云々より、まずうちわ稼業では食っていけませんからね。収入面から言えば、おやじは年金頼りなんです。鉄さんへの手当てを渡せば、ほとんど残りません。今の家業では生きていけません。家族を養わないといけませんから」健一は言った。

「吉田うちわ、という看板は誰にもまねできない。追随を許さない。うちわの新しいかたちを、家族が生活できる何かを考えるという方向もあるような気がするよ」と浩史は言った。

「新しいうちわの形――」健一が、ゆっくり繰り返した。

「そう、これからの新しいうちわのかたち」形状だけでないかたちが必要だと、浩史は思った。


「今日はどこへ連れて行ってくれるんですか」

秋の深まったころ、浩史は健一を誘った。個人発明の会合で知り合った、風見順のところを訪ねる。風見のことを、浩史は先生と呼んでいる。風見は、年齢40歳、特段の仕事を持たず、不明事項の多い人物だ。決して発明で大儲けをしているひとでもなさそうである。話の先読みが得意なようであり、今回の吉田家プランにも大賛成をしてもらった。得意の先読みで大丈夫と言ってもらった、と浩史は思っている。浩史は、親戚の話をすることはよくないことだが、風見は大丈夫だと信じている。向かう車の中、浩史が運転をしながら健一にたずねた。

「これからの新しいうちわ、いくつか考えたって言っていたよな」

「ええ。おやじのうちわ家業というより、うちわの新しい形を考えてみました。そろそろ相談したいと思っていたところです。おやじに話すわけにはいきませんし、会社メンバーにも、いまのところ話す気はありません」健一は答えた。

「どんなアイデアかな。いくつか、要点だけ聞かせてよ」浩史は、到着までに時間が十分なことを確認し、聞いた。

「簡単にいうと、かたち、です。うちわという独特の形、形は無限の変化が可能です。デザイナーも入れ、商品ライン化するというアイデアです。これが第一です。第二に、うちわの効果改良です。風を起こしたいのでうちわを使います。より効果の出る機能をつけるというのはどうかな、と思っています」健一は説明した。

「形と効果に分けたということ、わかりやすいな。大会社の商品企画室のひとみたいだ」と浩史は言った。

「第三に、常識を破るうちわ。一枚でなく複数とか、孔《あな》ばかりとか、持ち手なしのうちわとか。ほとんどのものは奇抜すぎて受け入れらないでしょうが……」健一の説明に、「どれかは大ヒットするよ。ハハ」浩史は言った。

「しかし、この三つの分類でいくつか考えましたが、どれが一番いいかは、決め切っていないのです。これ以外にもアイデアは数多く出ます」

健一の説明に、自分以上のセンスがあることを浩史は感じた。

「すごいな。普通は、アイデア出しが大変なんだけど……」

と浩史は言いながら、これらのアイデアでは、家業を継ぐのは難しいと思った。

「今日会うひとは、風見順さんといって、個人発明家の応援者なんだ。新しいモノを考えたときに、率直な意見を言ってくれるひとだよ。彼は、自分のアドバイスや意見に対し、何の権利も主張しないひとだ。相談料がどうだとか、ヤボなことも一切言わない。しかし、アドバイスは確かと観ている。万が一、アドバイスのおかげで大成功した暁には、一杯やりましょう、と笑いながら言っているひとだよ。本当に真剣に話を聞いてくれるし、相談者に合わせたアドバイスをしてくれる。注意点は、アドバイスがもとで相談者に損害が発生しても、関与できない、一切の責任は取れないということだ。あくまでも判断は相談者自身の責任でということは覚えておくようにね」


「こんにちは。杉村です」

郊外の整然とした住宅街の一角に、風見順の家がある。浩史が来るのは3回めである。

「ようこそ。あがってください」風見が言った。

「初めまして。吉田健一といいます。杉村さんの義理の弟にあたります」

「うーん。ふたりは雰囲気が似ているな。理想に向かって驀進中という面構えをしているね。野心的なことより、ひとへ貢献なども考えていそうだ。考えが古いと言われることはないかな」

ふたりとも問われたことにない質問だが、ふたりとも、そこそこ合っていると感じた。

「早速ですが」浩史から話を始めた。

健一の実家がうちわ家業であること。浩史との関係を説明し、続いて言った。

「できれば、伝統職人の技術を残し、新しいうちわ商品を開発したいと思っています。今日は、当の本人を連れてきましたので、よろしくお願いします。健一が、家業を継ぐか否かも、このアイデアにかかっています」

その後、健一が考えているアイデアを話した。車の中で聞いた内容であったが、アイデアの一つずつを、具体的に説明していった。

風見は、質問などはせず、じっくりと聞いてくれた。そして、しばらく考えたあと、次のように言った。

「いろいろと教えてもらいました。ありがとう。まず、うちわの将来の可能性がよくわかりました。アイデアの数々も、またすばらしい。これらの着想は、今後も大切にしてもらいたいと思います」と風見は話を続けた。

「ひとが行なった意思決定には、どうしてもそのひとが気づけないことがあるのです。その理由は、どうしてもそのことに集中してしまうからです。集中はいいことですが、ときに害でもあります。今回の場合、私はふたつの観点で、さらに考えてはどうかと思いました。今のアイデアに集中せず、ゆったりと考えてみてください」間をおいて、風見は続けた。

「ひとつは、機能で考えるということです。効果と似ていますが、うちわの機能を整理してください。その上で、その機能を満たすために、別の手段がないかを考えます。たとえば、黒板の機能が何であるか。より上位の〈伝達する機能〉を考えることで、ホワイトボードが発明されたのは有名な話です。もうひとつは、いったん、その対象自体から離れることです。うちわ自体から離れるということです」

浩史も健一も、すぐには理解できなかった。「機能」と「離れる」こと。

「機能で考える。それと、うちわ自体から離れる……」浩史が小さく繰り返した。

「機能で考える。風を起こすということかなあ。それに、うちわ自体から離れること。これがよくわからない。うちわを忘れてみる、ということかなぁ……」健一もひとり言を言った。

❖家業継承

翌週、健一から連絡があった。喫茶店で会うことになる。

「考えたんです。うちわの形を変形することを考えていました。自分がうちわがいいなと思うのは、心地よい風が来たときです。心地よい風は、受け手側もありますが、風の送り手も関係があるような気がしました。自分で自分に向ける場合は、受け手も送り手も同じですが。もう亡くなりましたが、私のおばあちゃんのうちわは、本当に気持ちよかったことを覚えています。よく眠れました」

「送り手のことを考えるか……。たいていは自分で使うが、たまには別のひとに扇《あお》ぐこともある。気づきにくいところに分け入ってきたね」浩史は言った。

「それで考えたのです。うちわを持つ部分、すなわち持ち手ですが、これに注目するのはどうでしょうか」

健一は、要点を言ったあと、続けて説明した。

「どのうちわも持ち手は棒状です。長時間あおぎ続けると、手のひらが痛くなってくることもあります。持ち手が細いからでしょう。そこで、手のひらに合う持ち手を考えてはどうかと……。昔に比べ、最近のひとは力仕事をする割合が少なくなっています。手のひらにやさしいうちわを考えたいと思いました」

心地よい風を送るには、持ち手側にも心地よく持ってもらう。

健一は、たまに考えることがある。両親は、自分が大学を出るまで、本当に大変であったろうなと。自分が情けなくなるときもある。特別の勉学意欲もないのに、まわりの連中が大学に行くものだから、自分も行きたいと言った。私立の大学を出るまでに、どれほどの苦労をかけたものか。

大学では、ただ流されるだけの2年を過ごし、専門課程に入った。たまたま意見の合う連中と知り合いになり、その連中とニュービジネスの話なんかを始めた。やがて、そのうちの同級3人で意見がまとまってきた。バイト資金をもとにベンチャーを独立させようという話だ。独立後の夢を大いに語り合った。そのための調査・手続きをこなし、いよいよ卒業だ。3人卒業と同時に会社を創った。社長は、3人の順番でやろうと決まった。健一には「一」がついていたため、初代社長になった。今もそのまま社長をしているだけである。

同じ大学の2年下に恵里がいた。接触のキッカケは、我々3人が中心となって作った「ビジネス・フォー・フューチャー」という同好会である。男たちが夢を語っていただけだが、夢物語と承知の上、恵里も参加してくれた。色白で清楚な恵里だった。2年後、恵里も健一の会社に入ってくれた。恵里の両親は大反対だった。やがて、健一27歳、恵里25歳のときに結婚した。家族だけの結婚式だった。

経営で最も堪えたのが、不渡りを出さないための資金繰りであった。得意先に零細企業も多く、事情が重なり、債権の回収がままならないときがよくある。金融機関からの融資も、何ともならない。親戚に頭を下げる事態となる直前までいったことは、何度もあった。従業員給与や賞与の調整など、社員にはずいぶんと迷惑をかけた。家賃支払い延期なども含め、何とか凌いできたのが実態である。

受けた仕事は、確実に行なう。この姿勢は貫いているつもりである。さらに、こうしたら喜んでもらえると思ったことは、原価を無視してサービスを提供したこともある。ただし、それを理解してくれるのは、ほんのひと握りのお客様であることが、最近わかってきた。その数少ないお取引先様は、健一にとっては、まさに神様である。

現在は37歳になった。子どもも7歳と4歳になった。今は、恵里は家事や子育てに集中している。神様に何とか生かされている日々である。

持ち手を改良する、この方針のもと、健一の一家と浩史一家でプロジェクトを組むことになった。浩史は、仲が悪くなっては元には戻らないことを思った。兄弟同士だからこそ、注意が必要であることも知っている。プロジェクトの開始時に、浩史一家から、「金銭の見返りは不要。好きだから一緒に進んでいるだけ。手伝えることは手伝うが、できないことはできない。言うことは言う。また金銭的な責任は取れない」と伝えてあった。笑いながら、全員が了解しての、プロジェクト・キックオフである。リーダーは健一だ。

何をしているかは、玄一と良子にも筒抜けだったが、何も言わずに見守ってくれていた。

健一は、まず、アイデアを具体的イメージに練り上げることが必要だと考え、手作りで、竹・木・粘土・金属などを使い、作ってみた。特別な加工が必要な場合には、浩史の知り合いなどの力も借り、何とかひとつずつの試作品を通るところから始めた。持ち手に特徴のあるうちわである。

作られた試作品は、プロジェクト内検討会を行なった。といっても、妻と子どもからの意見を聞く集まりのことだ。驚いたことに、妻や子どもの意見は、まさに貴重であることがわかった。

妻の意見は、予想通り、考えも及ばぬことが多い。子どもの意見は、健一も嫌になるほど純粋なものだった。健一は、自分も以前はこうだった、なんと世間に擦れてしまったものか、なさけなく反省しきり……と思うこともあった。

つぎに、風見の評価もある。ほめてくれるが、最後の一言アドバイスが最も肝であることに気づいてきた。

ほぼ最終の試作品を持っていった際には、風見のアドバイスはこうだった。

「すばらしい新しいうちわ、ありがとうございます。誠に勉強になりました。いくつもの気持ちの入った形であることがよくわかります。このやさしさは、男では出せません。この純粋さは、大人では出せません。浩史さん、健一さんの仲間には、すばらしいひとの多いことがわかります。今回、あえてアドバイスするならば――」として、少し強い口調で言ってくれた。

「これからも改良を続けるといいでしょう。その際には、頑《かたく》なにならず、常にやさしく素直な意見を取り入れることです。それと、いま一度、うちわから離れるのもいいと思いますよ」

この言葉をもとに、今までの検討会で出た意見を整理し、いくつかのチューニングを行なった。

持ち手を、手のひらにピッタリ収まる形状にしたうちわである。酷暑でのさわり心地を意識したもので、素材・デザインを磨いた。プロジェクト内検討会をやっと通過した自信作であった。素材・デザインはスバラシイと、風見からもお墨つきはもらった。

しかし、うちわ自体から離れるとは一体どういうことか、気になっていた。

プロジェクトでは、最終の検討に入った。

世の中には多くのうちわが存在している。利用者は、すでにお気に入りのうちわがあるかもしれない。その中に、持ち手がすばらしいうちわというアイデアが見向きしてもらえるだろうか。ましてや、そのうちわは高価である。価格は決めていないが、高価設定となることは間違いない――。そうだ、うちわの持ち手だけ、というのはどうだろう。その持ち手に、お気に入りのうちわが取り付けられるようにすればいい。うちわ取り外し可能な持ち手。

気がついたのは、健一だった。

浩史は、すばらしい発想だ、うちわから離れるとはこのことかもしれない、と言った。

その後しばらくして、持ち手部分が取り外し可能なタイプを風見に見てもらった。風見は、説明を受け、試作品を手に取り、やがて次のように言った。

「従来のうちわ作成技術と異なります。しかし、うちわの一部として世に出すといいと思います。デザインは、骨格は固まっているようですが、詳細部分は洗練の余地がありますね。最終段階に入りました」と。続けて、次のような話もしてくれた。

「私は、うちわを探すときがあります。そんなとき、もっと目立ってくれたらいいのにと思います。うちわへの付加機能は、さらに持ち手アイデアを助けます」風見からのアドバイスだった。


健一が言った。

「うちわを探す機能、これを今のＩＴ技術で作るのは簡単でしょう。しかし、もっと原理原則的に、何とかならないか……」

試作品のうちわを扇いだ。脈に触れ、やさしく扇ぐ。そして、考えた。

使いたいときにすぐに見つけることができるようにするには、どうすればよいか。家族の誰もがうちわの使い手、受け手になり得る。うちわは、平べったい。置いたときに、何かの拍子で上にモノがかぶさると、見つけにくくなる――。

扇ぐと気持ちがいい。

その瞬間、健一の頭に、大雪でグニャリと曲がっていた竹が、バサッと雪を振りほどき、フワリと垂直の状態に戻ったイメージが浮かんだ。先日、４歳の子どもが、うちわを立て、竹製ゴム鉄砲の的にしていた。あたった、あたったと喜んでいた。
そうだ、うちわを、いつも見えるように立てればいい。立てても、うちわは薄いので、邪魔になることは少ない。

新しいうちわは、こうなる。
①うちわの持ち手を工夫する。
②お気に入りのうちわが、必要に合わせ、取り外しできる持ち手とする。
③持ち手は、うちわの取り外しを可能とする。
④持ち手は、ひとの手に安心感を与える素材や形態とする。
⑤うちわをつけた状態で、立つようにする。
健一は、このうちわ立ての基本機能に自信を持った。

健一はデザインを決め、最終試作品を作成した。その後、風見紹介の弁理士を経由し、権利化の手続きに移った。この単純構造をどのように権利化するのか。弁理士先生との打ち合わせで、特許や実用新案ではなく、まず、意匠権で押さえることとし、その手続きを終えた。さらに商標に対応する予定だ。

健一は、このあとを考えた。試作品は自分でていねいに作ったが、このあとは、どのように製作してゆこうか。木や竹の加工については、おやじに頼みたいところだが、加工仕事が到底できる状態ではない。鉄さんに聞いてみよう。

鉄さんは、自転車通いをしてもらっている程度の近場に住んでいる。夕方近くであったが、浩史と訪ねた。鉄さんは、家でもていねいにうちわ加工をしていた。限定のファンからの特注品が仕掛中となっている。鉄さんに試作品を見せたところ、しばらく眺め、うちわ立ての持ち手部分に少し触れた。やがて、

「玄一さんには見てもらったのか。吉田のうちわをこれに取りつけるのか」と聞いてきた。

見せていないこと、吉田うちわと組み合わせで売り出したい、と答えた。

その後、短くつぶやいた。

「一体となった形は、なかなかのやさしい形になっている。持ち手のかたちもやさしい」

試作品を手に取り、うちわを取りつけ、ゆっくり脈に触れ、そしてゆっくりと扇《あお》いだ。風の柔らかさがわかる。時間が停止しているようである。

しばらくして

「すばらしい。着想、デザイン、手触り、バランス、いずれもかなり洗練されている。ここまで苦労があっただろう。吉田うちわが変わりそうだ」と言ってくれた。

健一が鉄に、これを加工するひとを紹介してほしいと頼んだ。鉄が、こっちへ来てくれと手招きし、最近始めたという加工マシンを見せてくれた。少し申し訳なさそうに、吉田うちわだけでは食べてゆけないことを予測し、技術を磨いている最中とのことだった。その機械で、数日中に、この持ち手をいくつか作ってみようと言ってくれた。

❖遺言

玄一は、大雨の日に、出歩けられる状態でないのに出かけ、濡れて帰ってきた。雨をぬぐい、ほっとひと息入れた。ずいぶんと晴れ晴れとした様子だった。体は疲れ切っていた。無言で、何かを、振り返っている様子だった。

そしてその日から寝込んでしまった。吐血間隔も短くなった。1か月ほどたった2月、家族に見守られ、静かに亡くなった。

健一は、吉田うちわ店を継ぐことを伝えていた。あたらしい試作品も見せた。鉄さんに作ってもらうことも伝えてあった。

最後の言葉は「職人を大切にしろ」、だった。

玄一が亡くなり、1年が経過した。

浩史の家庭も、雰囲気が変わってきた。

「健一君もやる気を目いっぱい出して、大いに張り切ってくれている。新規商品は、うちわ卸で噂になり、鉄さんへの注文も多くなっているらしい」文が言った。

健一の家業引き継ぎもうまくいっている。続いて浩史が言った。

「翔太の、あのときのアドバイスもよかったな。商品のひとつになったそうだ」

祥太も中学生になっていた。あのときのアドバイスとは、

「うちわが立つんだったら、字や絵なんかを書けるといいんじゃない？　大きな字も書けるね。おとうさんやおかあさんがスマホで連絡してるけど、うちわに字や絵が書けたらいいんじゃないかなぁ」というものだった。

この言葉を受け、小さい子どもからお年寄りまで、家族に向けたメッセージが自由に書けるうちわを考えた。

浩史としては、今の状況に満足していた。健一に気づかせることなく、新製品のうちわ立ての着想からアイデア練り上げまでを行なってもらうことができた。結果、家業を継ぐ自信を持ってもらったからである。

着想については、浩史の原案よりはるかに洗練されたモノに仕上がったため、浩史も作戦家と

しての自信がついた。今は、さらに個人発明に入り込むようになり、風見との接触も活発にするようになっている。

文は、吉田うちわ店に新商品の企画があると聞きつけると、必ず乗り出してゆく。私はアドバイザーですよ、クチは出すけど責任は持ちません、などと言って張り切っている。

翔太は、小学校では竹製ゴム鉄砲で人気者となり、その状態で中学生となった。健一からの直伝のゴム鉄砲である。さらに、鉄さんの技術仕込み入り。吉田うちわ店特製の進化型ゴム鉄砲といったところだ。いじめられることもなくなり、元気に、青春に突入したといったところである。


健一は考えていた。現在の吉田うちわ店に至った経緯である。

後継者となることは、恵里からの願いであった。恵里は、健一の性格を見抜いていて、性格に一番合うのはものづくりだと思っていた。学生時代のビジネス・フォー・フューチャーでは、健一のアイデアセンスは光っていた。気持ちがやさしいため、ビジネスで大勝負はできないことも知っていた。そのため、チャンスがあれば家業を引き継いでほしいと言っていたのだ。

また、今回の家業引き継ぎの仕掛人であり、新しいアイデアの着想者が浩史であることも知った。あるとき、翔太の話を聞き、ピンときた。翔太が良子おばあちゃんから聞いたことを、つい言ってしまったからだ。

翔太が遊び疲れた、ある夏の昼、良子に扇《あお》いでもらっていた。

「翔太、気持ちいいかい。気持ちいいと感じたときには、いいことが起きるよ」

何回も聞いたフレーズであり、祥太は覚えてしまっている。良子に扇《あお》がれ、祥太は眠くなってきた。良子も、うとうととしてきた。

「本当にきもちいいと感じたときだけ、うちわの神様が望みを叶えてくれるんだよ。大じいちゃんが教えてくれたんだよ。……うそをついて気持ちいいと言ってもダメですよ……うそはついてはいけません………祥太のお父さんは…………いいうそをつくねぇ…………健一を助けてくれた…………うそ………」

祥太はうとうと眠りかけていたが、良子の寝言部分まで覚えていたのだった。

健一は、そのままの言葉を祥太から聞いた。良子の言った、浩史さんが私を助けた〝うそ〟とは何なのか。最近を振り返ってみた。

浩史さんとは、引き継ぎを決める少し前から、頻繁に会うようになった。盛んに小さいころのものづくりをほめてくれた。家業引き継ぎを押してくれた。風見に会わせてくれた。いずれも今までにない浩史さんとの接触だった。

その後の、新しいうちわアイデアについても、風見からヒントの言葉を一緒に考えてくれた。

そのヒントの意味がわかったときに、素直にこの動きに乗せてくれた。
これら家業引き継ぎの一連の流れが、浩史さんのシナリオであったであろうと推測できた。やられた、というよりは、すばらしい兄貴だと思った。これが恵里の言っていたチャンスと感じたからでもある。

起業した会社は、立ち上げメンバーのひとりに、社長をゆずった。順番だ。会社の定款も変更し、吉田うちわの一括販売代理店とした。ネット販売はじめ、従来からの卸との商流も新しい形態に変えた。吉田うちわ店と自分が起業した会社、いずれも前に向かい、いきいきと活動をしている。恵里は、両方の会社を、うきうきと影のコントロール役をしている。

今年もお盆が来た。例年通り、墓参りとしたあとの食事をしている。集まっているのは、良子、浩史、文と中学生になった祥太。吉田家は健一、恵里、5歳と8歳の子ども。今年は鉄さんも初めて顔を出してくれた。計9人。やさしい連中ばかり、全員がいきいきしている。良子は玄一が亡くなる前のことを思い出していた。

玄一も良子も、知っていた。翔太の誕生日祝に、文《あや》家族が住むアパートを訪問したことがある。

そのとき、狭いアパートの端に大きなダンボールがあった。浩史の使う道具などが多く入っていた。その中に、うちわが見えたのだ。持ち手を太くした、とっても持ちやすいうちわであった。取ってみると、手のひらから安心感が伝わってきた。浩史が、なぜ。なぜ、こんなうちわを作っているのか——。

玄一も良子も、浩史のこのアイデアがもとで家業引き継ぎがうまくいったことを察し、そして感謝していた。文の夫はいい旦那だ。

❖

玄一は、亡くなる1か月前、「ばあさん、最後の散歩に行ってくる」と言い、雨の中を出かけた。止めたが振り切り、出て行った。

「おう、玄さん。からだは大丈夫かい」鉄が言った。

「おう、全然大丈夫じゃない。自分でわかる。俺はひと足先に逝くことになる」玄一が言った。

「何言ってるんだ。………。玄さんの一族は賑やかになったな。うちは女房とふたりだ。娘は嫁いだまま。返品されないだけましだ」

「そうかい。……鉄は長生きしろよ」

玄一、鉄に、ふたりだけの過去が頭をよぎった。

「玄さんの命をもらって、俺は長生きさせてもらっているよ」鉄が言った。

40年くらい前だろうか、手作りうちわが大量生産品に押され、多くの職人が苦境となっていたころ、吉田うちわ店にも職人仲介人が出入りしていた。伝統工芸を扱う職人を集め、全国各地のイベント会場で技を披露させる。いわゆる、見世物として職人を引き抜く連中だ。

「何度来てもらっても、うちの職人は参加しない。気持ちを入れ、じっくりうちわを作るだけだ。職人を連れ出すな。持ってゆくなら吉田うちわだけを持っていけ」玄一が言った。

「頭のかたいおやじだな。食っていけねえだろうが。助けてやるって言ってんだよ」仲介人は、その筋のチンピラだった。言葉遣いもうちわ扱いも荒い。

やりとりが激しくなっていった。恫喝《どうかつ》も入り、刃傷沙汰になる気配がした。

「おいおい、そこのヤツ。何だと！　今、何と言った！」

鉄の言葉への切り返しだ。仲介人が鉄に近づく。鉄の手には小鉈《こなた》があった。いきおい仲介人から は短刀が飛び出した。すばやく、玄一が鉄の前に入る。玄一の脇腹を短刀がえぐる。鉄の小鉈は短刀を持つ相手の腕を、大きく切った。

「うっ」「ぐぅっ」

仲介人は逃げるように引き上げた。

玄一は脇腹を押さえ、「沢田先生のところに連れていってくれ……」と鉄に言った。よく知っている医者だ。

「先生、癖のある竹を切り損ねた。まだまだ未熟だ……決して争いじゃない。ことを荒立てないよう頼む。良子にも内緒だ――」玄一は沢田に伝えると、気を失った。

沢田の手配で総合病院に運ばれた。手術をした。沢田は、仕事中に誤ってケガをしたことで、押し通してくれた。

玄一は、そのケガがもとで、肝臓が衰弱していった。玄一の命が短くなっている理由であることを、鉄は知っている。


「鉄、さっそくだけど、お願いがある。聞いてくれ」と、玄一が言った。

「これからも吉田うちわ店を続けたい。健一はまだまだだが、引き継いでくれる。やり方を、今の時代に合わせてゆく。本人の考えていることは、まだまだ甘い。助けてやってくれ。……今までのうちわに加え、別の品を作る目論見だ。持ち手の部分だ。手のひらに合わせる。うちわの弓とタイコの部分、骨となる脈は、先代が工夫してくれた。誰も細かに工夫している、その秘密は知らない。完成された形だ。鉄の工夫もありがたかった。表裏材料の組み合わせは抜群だ。次は健一の工夫を入れる順番がきた……」

　と玄一は話した。鉄はじっと、続けて話す玄一を見ていた。

「吉田うちわからは、気持ちを和ませるやさしい風が生まれる。吉田うちわを作る工夫は知っているが、和む風の理由はいまだわからない。このやさしい風の生まれるうちわを、俺は作ってきて幸せだった。鉄のおかげだ。今まで……よく残ってくれた」

　健一が考えた工夫について話が続く。

「持ち手だが、今のうちわの柄では細い。そこに工夫を凝らした持ち手だ。うちわとは別の品になる。別嬪さんだ。それを加えたい。やがて、健一がここにくる。持ち手を加工する職人を紹介してほしいと言ってくるはずだ。試作品も持ってくるだろう。鉄への頼みごとはここからだ。健一から話を聞いた後、大いに驚いて、そしてほめてやってくれ。芝居はできるか？　自信をつけさせ、しっかりと継ぐ信念ができるように。…………俺はほめない。ほめるときがきたころには、俺はいない……。やわらかな、繊細な曲線状の加工ができる機械を買っておいてくれ。鉄が別嬪さんを作ってくれ。…………少ないが支度金。精一杯の生涯ボーナスだ。頼んだぞ」

　玄一は、鉄が作ったうちわを持ち、ゆっくりと脈を触り、そして、鉄に風を送った。

第二話

Crow Stick

凡発明品「健康回転スティック」

主な登場人物

河野佳孝

カラスのカーコ

風見　順

❖

休みの日には、よく散歩をするようになった。小さいころから、たとえば、日記を書くことなどは長続きをしたことがないが、なぜか散歩は続いている。

気が向かないときはやらなくていい。このいい加減さが続いている理由であろう。

歩いている途中では、その時々で気になっていることを頭の中で巡らせている。歩いているときは、手を上げてみたり、何かを口ずさんだり、まったく気ままな時間である。

散歩するコースも、はじめは決めていなかった。住まいの近くでありながら、景色などに新発見だと気づくことも多く、まったく飽きはこない。時間帯も気の向くまま、雷の鳴っているときと暴風雨以外は、多少の雨や雪でも喜んで出かけている。散歩は、本当に自分に合っていると思うようになった。

とはいえ、体調がよくないときや時間制約のあるときもある。そんなときには、条件に合わせたコースを選択するようにしている。五つのほどのパターンができている。

ここ最近は、散歩途中のカラスが気になっている。

ある日、狭い堤防の上を歩いていたときのことだ。私が近づくのを察知したカラスが、道の真ん中から飛び去った。飛び去った場所を未練がましく振り返りながら飛んでいった。

私は、飛び去った場所にきた。道路右寄りに、長さ15センチ、直径2センチほどの枝があった。大きさから、風で飛んでくるような枝でないとすぐにわかった。はは ぁーん、これが、カラスの知恵というヤツか。通過してゆく車のタイヤで、この枝を割りたいんだ。カラスの行動のひとつに、クルミなんかを割る知恵があることは知っていたが、似たような行動を見たのは初めてだ。カラスが未練がましく見ていたのは、置き場所を確認したのか、はたまた、私が盗まないか心配したのであろう。私は、そのまま散歩を続けた。車が枝を割り、カラスが枝の中の虫をゲットできたのか、知恵の結果はわからない。

それ以降、カラスが気になってしまった。気になると、どの散歩コースでもカラスを見かけるポイントがあることに気づいた。

堤防を通るときには、その枝割りシーンを思い出す。注意しているが、そのあとに同じような行動は見かけない。また、その場でなくともカラスをよく観察するようになった。

カラスはつがいで自分たちの縄張りを守っている。子育て期は過敏になっていることもわかった。いつもいるつがいが見当たらないこともよくある。そんなときは、カラスが集団で行動している群れにまぎれているのであろう。何かの打ち合わせをしているようにも見える。

また、かなりの遊び好き、ふざけているように見えることもよくある。

私は、ときに思う。ほとんどの動物は、その行動時間の大半を食べることに費やす。ヤギは草を食べ続ける。鳥は何かをついばみ続ける。幼虫は葉を食べ続け、蝶は蜜を探し続ける。現代の人間は、彼らと比べれば、食にかける時間の割合が極端に少ない。人間の進歩は、食以外の行動時間が取れることか、などと思っている。

余裕時間があって遊びが生まれる。カラスが遊び好きということは、食の効率がよいからだろう。食べ物をいろいろなところに隠すことも、余裕ができる理由かもしれない。

余裕があるので頭がよくなったのか、頭がいいので余裕ができるのか。いずれにしても、カラスは頭がいい。日本の歴史にも、八咫烏《やたがらす》が皇尊の行く道を示したという伝説があった。昔から、カラスは鳥とは違う扱いだ。漢字も鳥とは異なり、「烏」を当てている。

❖

2列ほど前に座っていたひとが手を上げ、質問をした。

「フリーの風見といいます。すばらしい環境エンジンのお話、ありがとうございました。国際競争の真っ只中であることが、よくわかりました。ひとつだけ質問させていただきます。知財の権利についてですが、発表の内容の多くは、欧州の特定企業が既に権利化しています。その制約のある中です。日本独自の開発はあるのでしょうか。新技術を創造しないことには、太刀打ちできません。支障のない範囲で構いませんので、具体的な独自開発内容がありましたら、お教え願いたいと思います。

私は、新しい独創的な環境技術が日本で生まれたと聞いていましたので、本日のお話は、いささか残念な気持ちでもあります。コスト面に配慮した技術応用や共同開発も大変重要とは思いますが、本来のあるべき基礎研究、独自技術の充実を期待します」

ここは、新型の水素エンジンについてのシンポジウム会場である。風見というひとはフリーと言っていた。工学系のジャーナリストか何かであろう。失礼な質問ではあるが、私も同様の気持ちを持っていた。

私は、河野佳孝。52歳。中堅の機械メーカーに勤務しているが、一年前に業界団体で作られている「環境機械推進センター」に出向となっている。私は、そこで水素エンジンの普及策について検討しているため、このシンポジウムに参加していた。会社の中では目立たぬサラリーマンである。所属する部署の方針に従い、ひたすらまじめに働いてきた。妻と娘の三人家族である。娘は高校生になった。

特段の不満もなく、強いストレスもなく、平凡で幸せな人生を歩んでいると思っている。

秀でた能力を持っているとは決して思っていないが、自分で考えたモノで、ひとを喜ばせることができたらいい、と考えるようになっていた。組織の歯車でない世界、これも味わいたくなっていた。

私は、シンポジウムで、新型水素エンジンを普及する際のキーワードを探っていたが、見つけられないままであった。いずれの話からも、独創的・創造的な部分が少ないと感じていた。コスト以外の特徴を明確に聞きたかったが、質問をする気にはなっていなかった。

それをストレートに質問していたフリーの風見とやらに興味を持った。生ぬるい日本経済に喝を入れているようだ。

会が終わったのち、風見に声をかけてみた。自己紹介をしたあと、あの質問に共感したことを説明し、コーヒーでも飲みませんかと誘った。風見は快く了解してくれた。

喫茶店に入った。風見は40過ぎに見えた。

「ところで、フリーとは、普段は何をされているのですか」私はそこから会話を始めた。

「本当にフリーなんです。少ない貯蓄頼りで、好きなことをしています。たとえば、来てもいいよという企業に訪問します。そして、そこで行なわれていることを伺います。課題や対策などの説明を聞きます。そのあと、私の感じたことを素直に説明します。それだけです。お声がかかれば、そんな活動をしています。さらに気ままなことは、出会った方の中で、特に創造的な活動をしている方、それに理解のある方などを、できる限り応援をしています」

風見は、そのように答えた。

私は、その創造的な活動の応援という部分に興味を持った。水素エンジンの話から離れてしまうが、さらに聞いてみた。

「風見さんの、創造的な方への応援ですが、もう少し、教えていただけませんか。私も少し興味を持ちました」

風見は、私を少し見て、しばらくして言った。

「世には、すばらしい創造力を発揮する天才がいます。しかし、本当に天才だけが、すばらしい創造力を持っているのでしょうか。私は、誰もがその才能を持っていると信じているのです。私は、その見解が正しいか、確かめるために活動をしているようなものです。したがって、それを確かめられそうなヒントを求め、いろいろな場所に出かけていくのです。たとえば、今日のシンポジウムもそのひとつです」

私は、風見の話に精いっぱい合わせて、言った。

「創造性の活動支援ですか。近未来的な仕事のように感じました。対象者を選ばず、ということですね。サラリーマンでも、医者、農家のひとであっても、学校の先生、会社の事務員でも。創造するひとを幸せにする、アドバイスをされているということですね」

　風見は答えた。

「その通りです。どんなひとでも、自分の置かれている場所や環境に合わせ、その中で創造性を発揮しています。それらの活動は、いずれも貴重なものなのです。しかし、多くのアイデアはその場限りのものとなり、世に影響を与えるものとはなりません。また、本当はすばらしい創造力があっても、発揮できないままのひとも多く存在します。私は、そのようなひとと共に活動をしたいと思っているのです。いやいや、少し、話に格好をつけすぎました。あはは——」

　そして、次のようにも言ってくれた。

「河野さんも、サラリーマンとして創造性を発揮されているはずです。しかし、それ以外に何かをしてみたいと思われているはずです。個人発明研究会という会があります。月に一回の会合ですが、もしよければお越しになりますか。私も、よく顔を出す会です」

　私は、個人発明研究会に行ってみようと思い、風見と別れた。

❖

私は、カラスと友だちになりたいと思っていた。

カラスに興味を持っているが、警戒心の強いカラスには、近づくことさえできない。まずは、カラスの名前を決めてみよう。散歩コースの途中に公園がある。その隣が工場で、その工場の建物の角が、ちょうど公園の真横にきている。その屋根の角に、よくカラスがとまっている。公園の中の木や、時計塔のてっぺんにもよくとまっている。つがいでいることが多い。

よし、このカラスにしようと思い、名前を考えた。２羽いるが、その違いもよく認識できていない――。２羽とも「カーコ」という名前でいいや。

その場所に来たときには、心の中で「カーコ、いるか」と叫び、いた場合には手を振るようにした。すでに数か月、そのようにしているが、カーコは、たまに首をかしげチラッと見てくれる程度だ。

私は、まわりにひとがいないときには、カーコに向かい、「おい、カーコ」と呼びかけたり、手をたたいて驚かせてやったり、いろいろと試し遊んでいる。しかし、ほとんど相手にしてもらえず、飛び立ってしまうし、警戒距離も短くはならない。本当に可愛げのないヤツだと思うが、遠くのほうからカーコのしぐさを見ていると、飽きない。カーコにエサを与えることも考えたが、近所迷惑となるため、これは止めている。

ある日、カラスが遊び好きであることを思い出し、よし、遊び道具を渡してやろうと考えた。カラスが遊べる道具だ。簡単なパズルでも置いておこうか。しかし、遠くからでも、彼らの遊んでいるのを見たい。

そこで選択したのが、クチバシで遊ぶ道具だ。20センチくらいの棒である。カラスのクチバシは意外と太いだろう。その棒の先端には、直径5センチほどのリングをつけた。リングの中にクチバシを入れ、回転させて遊んでくれるといいと思った道具だ。さっそく、適当に作り、自分の指でまわしてみた。リングの中に人差し指を入れ、クルクルまわす。よし、この回転スティックでいこう。

カーコがいるのを確認し、少しこちらに注目するように、手を上げ、近づいた。カーコが、飛び立つ警戒距離になるまで、こちらをチラッチラッと見ているのがわかる。

私は、歩きながら、回転スティックを右手人差し指でまわしながら、その腕を上げたり下ろしたり、いろいろな角度に手首を替えたり、カーコに見えるようにして近づいた。警戒距離になると、いつも通りカーコが逃げ去った。逃げ去るといっても、近くの電柱に少しだけ移動するだけで、また、そこからチラッチラッとみている。気になっているに違いない。

私は、その回転スティックで、さらにしばらく遊んでみせたあと、公園のぶら下がり鉄棒の一番高いポールの上、狭いが平面状の部分に置いた。たまにカーコがとまっているポールだ。そして散歩に戻った。

翌週の散歩のときには、そこに回転スティックはなかった。

❖

私は、個人発明研究会に出かけた。日曜に開催している会のため、参加できる。その日の会は、前半に靴についてのアイデア製品を実販売されている方の話であった。大変な苦労の末に、やっと販路を作ったとのことだった。刺激になる話だ。

後半は、会員が持ち寄る情報交換の場である。私はこんなモノを作ってみました、という発表の機会でもある。数人が、自分で着想したアイデア品を試作し、披露、説明していた。いずれの発表もユニーク、おもしろい。

風見がいたので、声をかけた。

「楽しい会を紹介してもらい、ありがとうございました。元気がもらえます」

風見は、

「この会は、参加するだけでもしっかりと元気が得られます。少なくとも、新しいモノを創造している活動をしているメンバーばかりですから」
と言った。続いて、
「河野さんも、ご自身のアイデアを披露されてはどうですか。さらに、元気になること、私が保証します」

私は、自分の着想アイデアを形にしようと思った。以前から思っていた、髪の毛を三つ編みにする道具である。ロープを結うときも使える。三方から結いたい束を入れ、その束を順繰りに重ねてゆく。小さいころから考えていたモノだ。試作から入った。細かな部品は、市販されている別商品から取り外したり、部品として購入したり、自分で作ってみたり、かなりの苦労をした。やがて、1号機を作り、改善して2号機を作った。

個人発明研究会に持っていった。そして、発表をした。そのときは、会の顧問弁理士が出席していた。私の発表後に講評があり、いいアイデアであり、小さいころからのイメージを実現したことに対し、最大級の評価をしてもらった。こんなにほめられることは、なかなかない。さらに元気が出てしまう、木に登ってしまう。

その評価のあと、知的財産権の話もあった。その内容はこうだ。この技術について、今、ネットで特許検索をしてみたところ、すでに同様の技術が出願されていること。その時期が最近であることが意外だった。また、商品化もされていることを説明してもらった。ただし、先願があるといって、確実に権利化できないというわけではないとのことだった。

私は、権利化などということは、まったく気にせず試作していたのである。純粋に自分で考えていたことを、試作しただけ。話を聞き、私が着想した時点で権利化申請していれば、私が初の申請者だったかもしれない。このことは、残念ではなく、力をもらったような気がした。さらに、同じ内容を出願したひとがいたことは、この発明が間違っていなかった証拠ともなる。少なくともそれを望んでいるひとが存在する。着眼点は間違っていなかった。

風見が声をかけてきた。

「河野さん、いいアイデア品でした。ご自身で考え、そして作ってみる。こんなにすばらしいことはありません」

私は返した。

「風見さんの言った通り。ますます元気が出てきました」

❖

残暑厳しい中、私は散歩をしていた。いつものカーコ、また同じ屋根の端っこに1羽いる。私は、軽く手を上げ、「カーコ、元気か」と思いながら、歩いていった。

するとカーコが何かをくわえて飛び立った。屋根のうしろに、もう1羽のカーコもいたようだ。2羽とも飛び立ち、しばらく飛んだあとに、私の歩いている道の前方、真ん中に入り、私の方向に向きを変え、一直線に飛んできた。

前方から2羽のカラスが向かってくる。格好がいい。空母に帰還する戦闘機のようだと思った。私の前方7〜8メートル付近で、上向きに変え、やがて私の頭の上を通り過ぎていった。

その時、モノが落ちる音がした。私の前である。

2メートルくらい先に落ちてきたモノがあった。私は近づいた。うう〜ん？　ムカデだ。7センチ程のペシャンコになった、干乾びたムカデであった。車にひかれたムカデのようである。カーコが落としていった。食べ物だったのか。

カーコ、落とし物だよ。私はそう思いつつ、そのままにして散歩を続けた。

たいていは朝と夕方だが、その日の散歩は、昼3時あたりからだった。散歩途中にカラスが集まっている畑があった。何かエサでもあるのか、カラスの打ち合わせなのか、集合している。いつもの公園にカーコはいなかったので、この100羽以上にも見える大集団の中にいるのかもしれない。私は、カラスが警戒しない距離にとどまり、彼らを見ていた。

この大集団のカラスには、畑におりて何かをついばんでいるものが多いが、その近くの電線や木々にとまっているもの、少し離れた高台で見張りをしているものもいる。餌場となっている畑の端で、ピョンピョンとステップしながら遊んでいるカラスも何羽かいる。

私は、目を凝らした。

なんと、その中に、あの回転スティックをクチバシで器用にまわしているカラスがいたのである。ええっ！　カラスが、遊んでいる。そのまわりに3羽ほどのカラスもいる。

私は、うれしさでいっぱいになった。プレゼントしたあの回転スティックで遊んでくれているのだ。私は、かなりの時間、その場でカラスに見入っていた。クルクルと、クチバシでまわしている。まわし始めるときも終えるときも、器用にクチバシでスティックをくわえる。なかなかの業である。たぶん、ハシボソガラスという種類であろうと当たりをつけていた。遊び好きのカラス、とはいえ、こんなに長い時間、道具で遊んでいるのを見たのは初めてであった。

回転スティックで、何羽ものカラスが交代で遊んでいる。ピョンピョンはねながら、クチバシをやや上向きにして、回転させている。その奥のほうでもまわしているのが目に入った――。ええーっ、奥のカラスもまわしている。私の置いた回転スティックはひとつだけである。それがなぜふたつあるのか、理解できない。ふたつとも、くるくるまわっている。

やがてカラスの大群が移動し始めた。まだ家に帰る時間ではなさそうだ。きっと、どこか別の場所への移動指令が出たのだろう。

どの鳴き声が命令かはわからないが、遊んでいたカラスも飛び立ってゆく。回転スティックをくわえ、飛び立った。たぶんどこかに隠しておいて、また遊ぶのだろう。

と思っていたとき、回転スティックをくわえたカラスが、私のほうに飛んできた。そして、手前2メートル付近に、その回転スティックを落としていった。この落とし方は、先日のムカデと同じ落とし方だ。カーコに違いない。

私はカーコに手を振り、そして落とした回転スティックを見た。木の枝のように見える。私の置いた回転スティックではない。この枝をまわしていたんだ。

私は、その枝を手に取ってみた。長さは20センチ弱。乾燥しきっておらず、少し重みがある。カーコが私の前に落としたということは、お返しかもしれない。私はその枝を持ち帰った。

何の枝だろう。片側が、傘の柄に似た形状、クエスチョンマークの形状である。私が置いた回転スティックは、リングをつけておいたが、この枝はリングではなく、円周が途中でなくなっている、半リングの形状だ。

私は、右手の中指でまわしてみた。半リングのため、うまく回転軌道に入らない場合があるが、タイミングが合えば、クルクルとまわすことができた。カーコたちは、これをまわして遊んでいた、と思い返したときに、カラスの頭のよさ、すなわち、スティックの選択眼のすばらしさ、そしてまわす器用さにあらためて驚いた。

さて、この枝は何という植物か。半リングの部分、先端は、キツネの顔のような形をしている。木の幹に枝としてくっついていて、それが幹から外れたような感じである。本やネットでいろいろと調べ、実物の植物も探してみた。

2週間ほどは、植物研究者になったような気分だった。何かの葉の茎であろうと推測し、大きな葉を持つ植物を調べる。いちじく、シュロ、いずれも該当しない。

しばらくはわからなかったが、ショッピングモールの広大な敷地を囲っている垣根で探していたとき見つけた。ヤツデである。ヤツデの大きな葉、幹から葉が出ているが、やがて葉が落ちる時に、葉の柄の基から落葉する。その葉の柄だけの部分が、カーコの落としていった回転スティックだ。

ヤツデといえば、天狗がもっているうちわであり、縁起のよい植物とのこと。カラスと天狗とヤツデ、何かいいことがありそう。

❖

個人発明研究会で、風見に会い、カラスの不思議なお返しの話をした。

「カラスとは、不思議な鳥だとつくづく思いましたわ」と。

風見は、「大変おもしろい話ですね。おもしろいというより、河野さんは、すばらしい経験をされていると思います。カラスとコンタクトできています。偶然ではなく、カーコがわかってやっているとしか思えません。カラスの恩返し、もしくは、おねだりかもしれません」と言った。

私は、カラスの世界を推測してみた。カーコが新しい遊び道具を見つけた。カーコはカラス仲間から一目置かれるようになった。それで恩返しをしてくれた。ほな、あほな。


その後、恩返しやおねだりという単語を、しばらく頭の中で繰り返した。そして思いついた。

「風見さん、指でまわすにはリング状が最も確実です。指に入れれば落ちませんから。しかし、このカーコが持ってきたヤツデの葉の枝、カラス・スティックは、リングになっていません。円周が途中で切れています。この半リング状を利用して、回転遊び具を作るのはどうでしょうか」

風見は言った。

「おもしろいですね。それをまわすには、熟練と器用さが必要となります。カーコにプレゼントしたリング付きスティックと合わせ、じっくりと考えてはいかがですか。応援します。カラスと天狗の持っているヤツデとの組み合わせも絶妙でしょう」

私は考えた。カラス・スティック。いくつもの試作をした。家族は、かなり引き気味であったが、何とか協力してもらい、以下のようなアイデアを仕上げた。

①指に触れる部分は、リングでなく、半リング。

②半リングの円周の長さとその曲率に、バリエーションを持たせる。回転させる熟達度に合わせ、難易度をつける。

③形態のひとつは、スティックと半リングの一体型。

④形態のひとつは、半リングの部分だけとする。それを、筆記具などに棒状のモノに取りつけ遊ぶタイプとする。

⑤回転におもしろさや難易度の調整をする意味で、スティックもしくは筆記具などの先端に取りつけるおもりを付属する。

風見の紹介による弁理士先生に相談し、まずは特許申請を行なうこととした。権利化には、健康器具の分野とし、請求項をまとめた。多くの試作品も作った。個人発明研究会からも、多くの建設的アドバイスをもらうことができた。

しばらくしたら、商標「クロウ・スティック」も申請したい。クロウとはカラス。カーコを見るたびに、いつも「クロウ・スティック」を思い出す。

❖

風見と会って、もう一年が過ぎようとしている。

そんな夏の日、いつものように散歩をしていた。その日は、その足で図書館へ行こうと思っていたため、バックパックを担いでいた。

いつもの公園にカーコがいた。いつものように、手を振り、近づいていった。そのとき、カーコが何か長いモノをくわえる仕草に気がついた。カーコは、それをくわえたまま飛び立った。もう1羽のカーコも公園の木のてっぺん辺りから飛び立ち、2羽がそろって、私の歩く道の前方に滑空しながら入ってきた。

これは、以前に落としものをしていったときと同じ滑空スタイルだ。

やがて2羽は私の前を通り過ぎていった。しかし、私の前に何の落とし物もない。少し寂しい気もしたが、そのまま歩いていた。しばらくすると、私の背面から2羽のカーコが前方に飛び去っていった。かなりの至近距離で、後方から飛び去っていった。

こんなことは初めてだった。たぶん、あいさつに違いない。往復して喜んでくれたんだろう。

そしてそのまま図書館に向かった。

図書館には、たまたま入り口に職員のひとが立っていた。そのひとに、こんにちはと会釈し入ろうとした際、職員の方が叫んだ。

「あっ。動かないでください！」

私は何のことかわからなかったが、「えっ」と言いながら動かないようにした。

職員のひとは、持っていた紙をいきなり丸め、私のバックパックをはたくようにたたいた。紙で何かを振り払った。

そして、カシャッ、と音がした。

何かが地面に落ちた音だ。私のうしろ側に、それが落ちた。それは、なんとムカデだった。15センチはゆうにある大きさで、生きている。こんなに大きなムカデとは――。


そのときに思い出した。

1年ほど前だった。私は公園に向かう道を歩いていた。その日の散歩コースだ。アスファルト道路に、ベニヤ板の切れ端が落ちていた。道にあると危ないと思い、道の端っこにベニアヤ板を足でずらした。すると、その下には大きなムカデがいた、いや、あった。ベニヤと一緒に車に轢かれたのか、ペタンコになっている。

あまりにも大きいので、私は、しばらく見つめていた。気持ちのいい虫ではないが、すでに死んでいることもあったため、この際、ムカデの甲羅の数でも数えてみようと思った。車に轢かれたためか、アスファルトにめり込んでいるところもあった。

私は、ムカデの足の数も数えたくなった、百本の足かな。近くに落ちていた枝をつかみ、それを使い、アスファルト面からムカデをはがした。裏返しにした。足を数えた。40本はあった。私は、かなりの時間、しゃがみ込んで、ムカデ観察をしていた。

ふと気づくと、かなり近い距離までカラスが来ていることに気づいた。たぶん、今のカーコだ。カーコは、そのムカデに興味があったに違いない。私の行動を遠くから見ていて、そしてムカデの形を認識したのかもしれない。ずいぶんと視力はいいのだろう。

そして、アスファルトから引きはがしたあとのなりゆきを、見ていたに違いない。私がなかなかその場所を離れないから、我慢しきれず近づいてきたのだろう。

私は、そのままの状態で、そこを離れた。

❖

私は、カーコたちに近づくことができるようになり、ある発見をしていた。

彼らには、言葉がある。会話をしている。カラスの普通の鳴き方、「カーカー」だけが言葉ではない。カーコ2が接近しているとき、目くばせしながら、クチバシを微かに動かしていることがある。そのあと、2羽は行動に移る。話をしたに違いない。

ここ最近の連続ムカデ事件、1年前のことを想いだし、私はようやく理解できた。

彼らの会話を日本語にしてみよう。おおむね次のようだと推測している。たぶん正解だ。

【一年前、私がベニヤ板の下から大きなムカデを見つけてあげたとき】

「あのひとは、このムカデがほしかったのかな。カー」

「ほしそうなかおしてたよ、カー」

「なぜ、もっていかなかったのか。カー」

「わすれたのとちゃうか。カー」

「アスファルトからきれいにはがしてくれたな。カー」

「ここまでして、そして、わすれた。あほちゃうか。カー」

「どうしよう、このムカデ。もらっておくか。カー」

「もらっとこ。あのひとには、いつかおかえししよーや。カー」


【残暑厳しい中、ペシャンコの小さなムカデを目の前に落としてくれたとき】


「あのひと、あるいてきたで。カー」

「おかえししよ。ひかれてたムカデあるし。ちいさいけど、これをかえそ。カー」

飛び立ち、私の前に小さな干乾びたムカデを落とした。しかし私は通り過ぎた。

「おかえし、できへんかった。カー」

「ちいさすぎた。ざんねんや。カー」


【そして今日、バックパックの上に、大きなムカデを乗せてくれたとき】


「あのひと、あるいてきたで。カー」

「きょうは、おおきなムカデつかまえてるで。これでおかえししよ。カー」

「きっとよろこぶ。カー」

「せなかのバックにおいたろ。カー」

そして、背中のバックパックに、15センチ超の生きているムカデを落とした。

「よかった、もっていった、よかった。カー」

「おんがえし、おわった。カー」

「カーカーカー。エビよりおいしいで。カー」

第三話　時間の戻し方

凡発明品「若返りカレンダー」「密度可変箒」

主な登場人物

川上誠一郎・洋子

〔長女〕麻美・〔長男〕実太郎

風見　順

❖56歳

寒い日だった。私の会社に電話が入った。私は、川上誠一郎。56歳のときだった。妻の洋子が持っていた財布の中に、私の名刺があった。それを見て警察が電話をしてくれたのである。洋子が自転車で横断歩道を渡ろうとしていたときである。大型トラックが左折した。トラックの内輪差の範囲に、洋子の自転車が入ってしまった。最後部が洋子に接触したのである。すぐに病院に運ばれた。しかし、頭を強く打っていたため、まもなく亡くなってしまった、とのことであった。

いつものように、朝の見送りをしてくれた洋子である。とうてい信じられる話ではない。誰かのいたずらかとも思い、しばらくは悲しみなどは湧かなかった。しかし、病院に駆けつけ、事実を理解した。時空が急にゆがむ。立ったままでいたのか、倒れたのか。誰かに声をかけられ、とたんに悲しみがあふれたことを覚えている。

それからの数週間は、自分の意識など、どこかに行ってしまったに違いない。かすかな気が体に繋がっているような状態だった。記憶にあるのは、頭の中が灰色の霞で覆われていたことだ。

私たちには、ふたりの子どもがいる。

長女は麻美という。芯のしっかりしたやさしい子に育ってくれた。麻美は製造会社に勤めている。麻美は27歳の時、同僚だった今の旦那と結婚した。子どもはまだいない。車で一時間ほどのところにある社宅に住んでいる。洋子が亡くなったときには、麻美は何日も泣いていた。

長男は実太郎。麻美のふたつ年下である。商事会社に勤めている。会社が借りたアパートにひとりで暮らしている。洋子は、そのアパートによく行き、世話をしていた。

実太郎は、洋子には何でも話をしていた。実太郎のつき合っている彼女のことも、詳しく話していたようだ。高校からつき合っている同級生で、結婚資金を貯めている最中と言っていたようだ。私は洋子から聞いていたため、だいたいの状況は知っていた。

麻美も実太郎も、洋子が亡くなってからは、よく顔を出してくれている。そして、お互いの近況や世間話などをしている。洋子についての思い出話は、誰もがほとんど出せないでいる。大きく空いた洋子の空洞はなかなか埋めることができない。実太郎も、つき合っている彼女のことや結婚の話などは、ほとんどしてこない。


洋子は56歳で亡くなった。同級生だ。大学時代からつき合い始め、26歳のときに結婚した。私は、会社に入ってからも、洋子には夢ばかりを話していた記憶がある。会社は、電気部品を作っていた。その時代の会社には無限の可能性があると思い込んでいた。新設の海外工場に行き、見ず知らずの外国人スタッフとともに、波乱万丈な生き方をするというロマンもあった。

洋子は、いつも楽しそうに聞いてくれていた。波乱万丈には程遠い結果となっているが、洋子はそのことでグチやイヤミを言ったことはない。というのも、もとから信じていなかったようである。洋子は、日々の生活自体が夢の中ですよと言って、楽し気に振る舞ってくれていた。生活に飽きがこないよう、常に変化を意識してくれた。

リズミカルに軽やかに生活できるよう、いろいろと工夫もしてくれていた。行動する予定や計画を作ることも得意だった。どんな家事にも、そつがなかった。

ただし、少しあわてんぼうなところがあった。たまに、料理の味つけを失敗したり、何かを壊してしまう。そんなときにはいつも、ひとり言のように言い訳をしていた。自分のミスを簡単に認めることはほとんどなかった。何かに原因をなすりつけようと、一所懸命がんばっているのが、何ともかわいらしい妻だった。

自分にはでき過ぎの妻であると、ずっと思っていた。いつも明るく、そして、私を応援してくれていた。それが普通だと思っていた。病気などもほとんどせず、ふたりの子育ても立派にしてくれた。私からは、食事は「うまい」と少し大げさに言っていたが、あらたまって感謝の言葉を口にしたことは、記憶にない。

私は、洋子の事故のあと、２週間で会社に復帰した。洋子のことを忘れる時間がほしかった。

その頃は、生産管理の仕事をしていた。

復帰後、しばらくは、まわりから気遣いをしてもらっていた。同僚は、私がいる前では、家族の話をしないようにしてくれている。私は、仕事をする姿勢を変えたつもりはないが、残業をしないよう配慮してくれた。やっかいな仕事は、自然と外されるようになっていった。

最初は、私への気遣いと思い感謝していたが、よく考えれば、私の生産性がかなり落ちていたことも事実であった。自分では気づかなかったが、安心できる生活のよりどころが抜けたことで、何事もレベルが落ちたようだ。気持ちの奥底にも不安が溜まっていったようである。

生活が不規則になったことで、体調がよくない日も多くなり、健康への不安感を抱くようになっていった。将来についての漠然としたむなしさも加わってきた。行動や振舞いが、より一層おとなしくなっていった。会社内では、思いついたアイデアへの取り組みは、比較的積極的だった。しかし、それもだいぶ弱くなっていた。ため息も、よく出るようになってしまった。

❖57歳

洋子の一周忌のころには、心身ともにずいぶんと調子が悪かった。運動不足が改善されず、体重は増加の一途。自宅での飲酒回数や量も増えた。寝不足も多くなり、生活全般が少しずつ乱れていった。体調もすぐれないときが多い。洋子のように、日頃から生活をみてくれるひとがいなくなったのだ。自律できていなかった。

ふたりの子どもからは、新たに何かを始めるのがいいと意見があった。この歳からの自分探しだ。とりあえず、自分の生き甲斐を考えるようになっていったのである。

シニア世代の、時間の過ごし方やノウハウなどの情報はあふれている。

私は考えた。まずは数多くの情報を集めようと。そして、蓄積した情報をしばらく熟成、寝かせておく。やがて、自然と何らかの方向性や判断が現れるだろう。それまで待つというスタイルを取ることにした。会社では、とうてい、そんな悠長なやり方は通用しないが、自分のこれからについてのことだ。十分な時間はあった。

多くの分野の本を、幾冊も流し読みした。ネットからは、活字情報に加えＹｏｕｔｕｂｅ映像にも多く触れた。

ほかのひとからのアドバイスは素直に聞くこと。

趣味を持つこと。

ボランティア活動に参加すること。

健康維持に注力すること。

これらが、生きがい作りの基本ということである。自己健康管理をしっかりと行ない、自分の性格に合うことを、ひとのためになるよう行なってゆく。これが体によいということである。方向はわかってはいるが、さて、具体的に自分で何を行なうのかが問題なのである。結論を出せないまま、しばらくの時間が過ぎていった。そして知らず知らずのうちに、頭の中が整理されてきた。当面の結論を出した。

私に合った今後の生きたかは、基本を晴耕雨読とする。

好きなアイデア発想を生かす活動もする。

というものだった。たいした内容ではないが、自分にできる内容である。これに向かい、少しずつ活動をすることにした。

❖58歳

「ずいぶんと忘れやすくなったのね」

先日約束した住宅ローン申し込み書類への捺印をしていないことに、麻美は少しいらだっていた。麻美はよく実家を覗いてくれるが、私の反応が鈍くなってきたため、いくらか気が重くなっているようだ。

住宅ローンの書類を探し出し、署名と捺印をし、「これでいいか」と麻美に確認をとり、とりあえず本日の麻美の要件を終えた。

「旦那とは、うまくやっているか？」

といって、麻美のことを気遣うのが、父親として精一杯のことである。

麻美は、生活用品の置いてある場所の再確認や、買い込んできてくれた食材の説明、家事のしかたについてのアドバイスなど、ていねいにしてくれた。

麻美が帰ったあとに、持たせてやるものは何もなかったなと、よく後悔する。いずれにしても母親、洋子のようにはいかない。

洋子の三回忌を過ぎたころから、仕事にも集中できるようになってきた。淡々と、粛々と進めることができた。もとの自分が少しずつ出てくるようになった。ひとの考えていないようなアイデアを着想し、実施してみる。そんな自分が出てきたということだ。

生産現場にいるころは、俗にいう改善アイデアなどを多く出していた。決して改善数も多くなく表彰されたこともなかったが、なぜか好きだった。

今は、生産管理の事務をしている。数字を整理するのが主な仕事だが、そこに知恵を入れてみたかった。どのように現場の意見を入れてゆくかについて、自分なりの方法を考え、いくつかの方法については試してみた。

わたくしごとの時間には、個人発明の会に積極的に参加するようになっていた。会員になって、すでに10年ほど経つ。月一回の会合があり、知らない業界の話を聞いたり、自分のアイデアを披露したりする会である。洋子がいるときは、会合にもあまり参加していなかった。しかし、最近は、毎月参加するようにしている。

先日知り合った風見順との会話も楽しくなってきた。風見は、私よりずいぶんと若いが、ていねいに話を聞いてくれる。また意見が何とも心地よい。

先月の個人発明の会では、会員のアイデア披露として、箒《ほうき》の話があった。使い終わると、箒の穂先が汚れるため、それをきれいにするアイデアである。

私は、洋子が箒の工夫をしていたことを思い出しながら聞いていた。会では、発表されたアイデアに対して意見を言うことができる。その時に手を上げたのが風見であった。箒のアイデアについて、一定の評価を述べた。そのあと、より喜ばれるアイデアとするために、箒をどのように進化させるとよいか、機能的な面を重視するといいでしょう、などとして、具体例を挙げながらアドバイスしていた。

私は、そのいくつかが、洋子がしていた工夫でもあると気づいていた。そのため、会が終った後に、風見に声をかけたのである。

「風見さん、少しお話ししたいのですが。コーヒーでも飲みませんか？」

快く風見は受けてくれた。

風見の自己紹介は簡単なものであったが、個人発明という活動のすばらしさを語っていた。風見はそれを普及したいとのことがわかった。

私は、簡単な自己紹介に続き、箒の工夫をしていた洋子の話をした。風見はじっと聞いてくれていた。風見は、私の話を聞き、そして感想を言ってくれた。

「川上さん。私が思うに、川上さんの人生はこれからのような気がします。川上さん自身が行きたい方向に、いかようにも進むことができると直感しました。平凡な生活をしていると言われましたが、平凡とは、うしろめたいことはしていないということです。そのことは、これからのどんな活動にも支障がなく、充実した人生とするパワーが蓄えられているということではないでしょうか。お子様にも恵まれています。亡くなられた洋子さんからは、多くのヒントをいただいているようです。堂々と、これからの人生を過ごしている、そんな姿が目に浮かびます。晴耕雨読にまい進してください。加えて、このアイデア、発明に、もう少しハマってみてはどうでしょうか」

簡単な話から、よくここまで言い切れるものだと、感心した。また、この意見を聞き、晴耕雨読と個人発明へのギアが、一段上がった気がした。

❖59歳

定年まで、残り1年となったときに、会社側から話があった。定年延長制度の説明であり、会社に残るか退職するかの判断ができるという話であった。残る場合についても、いろいろな選択肢があるようだ。加えて、一応、会社への引き留めもしてもらった。

話を聞きながら、あらためて会社人生を振り返ることができた。自分としては、ひとに誇れる業績を残しているわけでもない。無難に過ごしてきた感が強い。いわば、普通のサラリーマンであった。少しだけ自慢をすれば、決してうしろめたいことはしたことがない。誠心誠意、長年勤めさせてもらったことだ。

会社のおかげでふたりの子どもを育てることもできた。海外工場には行けなかったが、夢のある会社だと思っている。好きな会社であった。

数日後に会社側に返事をした。定年60歳でさっぱりと退職する。その先は晴耕雨読と発明で過ごすと決めた。私の誕生日は5月11日。来年の誕生日、その月末にあたる5月31日が、定年退職日に決まった。

❖60歳

定年退職の日となった。洋子からの「お疲れさまでした」は聞きたかった。それが聞けないのが、何とも残念である。この会社生活は、ひとことでまとめれば、洋子を幸せにするためのものだ。すでに洋子は亡くなっているが、晴耕雨読も発明を通し、洋子が喜んでくれるようなことをしたいと思うようになっていた。

次の日曜、麻美と実太郎が来てくれた。定年退職祝いとして、しばらくぶりに晴れ晴れとした気分でビールを飲んだ。

私が酒を飲むときは、少しくどくなるらしい。そのためか、子どももあまり寄りつかなくなっていた。しかしこの日はくどくなっても構わない、少し飲もうと思い、好きなことを話しながら飲んでいた。

不思議なことに、麻美夫婦も実太郎も、その日はずいぶん長い時間をつき合ってくれた。

洋子の話もした。彼女の失敗談は多い。それにもまして、家事で工夫していた話も数多くある。あの日から4年もたったとは思えないほど、どれも新鮮に記憶している。

退職後は、まず晴耕をめざした。1年前から借りていた貸農地で野菜を作り始めた。3m×10mほどの狭い農地である。6月に植えるとよい苗を買い込んで、晴耕に励んだ。農作業に関する道具や資材のほとんどは、貸農地のサービスラインに揃っている。

農業の道具や資材は、おおむかしから多くのひとたちが苦労し、努力し、開発したモノである。鍬《くわ》一本とっても、あの形状になるまでには、ずいぶんと改良されてきたことだろう。それらを、さらに改善することも嫌いではない。農具をアイデア出しの領域と考えれば、この領域も刺激が多く、また、十分に広い領域である。晴耕とともに農具アイデアに取り組もうかとも思っている。農作業では体を動かす、これもいい。

晴耕を少しずつ実践することで、体調もよくなってきた。最初は身体のあちこちが痛かったが、ほとんどが消えかかっている。

雨読は、以前に読んだ本の再読から始めた。できるだけゆっくり、ときに音読するように心がけている。声に出すことも体を動かすひとつである。顔の張りを維持するためにも、発声は欠かせない。

定年の日の少し前になるが、私は、60歳の誕生日となる5月11日に、自分で作ったカレンダーを部屋に取りつけた。洋子がやっていたことを参考にして作ったものだ。

洋子は、何かのイベントがあると、その日までをカウントダウンする。その残り日数を、カレンダーに書き込んでいた。そのカウントダウンという言葉からヒントを得た、私だけのカレンダーである。

そのカレンダーは、普通にはないカウント表示がある。日付ごとに、特別なカウント数字を記載していることだ。

たとえば、ことしの誕生日の5月11日には、［60．000］と記載してある。

翌日の12日には、［59．364］とある。

数字の頭2桁は年の数、うしろ3桁は日数である。

つまり、還暦を迎える日の［60．000］は、60年とゼロ日目。60年ちょうど生きてきたということである。翌日は［59．364］、59年と364日目と読む。翌日が［60．001］60年と1日目になっていないのがミソだ。

私が考案した若返りカレンダーだ。

なんと、日ごとに一日ずつ若くなってゆく！

今年の大晦日である12月31日には、［59．131］の数字を入れた。

来年のカレンダーの元旦は、［59．130］。

来年の誕生日前日5月10日には、「59．001」。

来年の誕生日には「59．000」と記載しておいた。

今年と来年の2年分について、すべての日付ごとに数字を入れてある。

私は、この5桁数字を、「思い込み年齢（Believing age）」として、BAと略すことにした。アルファベットでも、BからAにさかのぼってもいるため、この略が気に入っている。

この数字は、1日ずつカウントダウンされる。不可逆的な「年齢」「時間」に対し、それをさかのぼる反逆モノである。

また、このカレンダーの運用に取り決めを勝手に作った。声に出して読むことである。たとえば、5月11日の初日には、まずこの若返りカレンダーで日付を確認する。そしてBAを見据え、大きな声で「本日は、BA、60歳とゼロ日目」と発声する。

なかなかいいもんだ。大声を出すことには理由がある。まず自分から年齢を信じないといけない。それには体中の細胞をだますのが一番だ。自分の細胞ならば、簡単にだまされるに違いない。毎日、大声でBAを発生する。それも2回。細胞だけではなく、心の中もきっとそのように思い込むに違いない。誰もいない家である。大声で恥ずかしいことはまったくない。

今までに、どのような天才科学者でも、時間をさかのぼったひとはいない。老化をさせない工夫は、アンチエイジングとして数多くの方法が試されているが、年齢自体が若くなったひとはいない。

私は考えた。年齢なんぞ自分で決めてしまえばいい。世間では、年齢詐称をしているヤツが大勢いる。迷惑がかからない範囲であれば、年齢を自分で決めても問題ない。

さて、どのようにして年齢を若くしてゆくか。

たとえば、65歳になったときに55歳ですと言ったところで、つまらない冗談として、誰も相手にしてくれない。また、自分自身もうそをついている自分がそこにいることを知っている。何か、いい方法はないものか――。

まず、自分をそのように思い込ませる必要がありそうだ。体も心もバランスを崩さずに若返る、何十兆もあると言われている全細胞に思い込ませるには、どうしたらよいか。

たとえば、60歳となったときは、生まれてから、ゆうに2万日を経過している。いくら体内時計があろうと、1日や2日、いや100日程度の誤差であれば、わかるはずがない。

よし、1日ずつ、体に思い込ませてゆけば、本当に若くなれるのではないか。

60歳になった日が、私の人生の最高年齢。そこを頂点として、1日ずつ若くなろう。よし、若くなるぞ。

6月24日になった。今まで使っていた一般のカレンダーであれば、60年と44日目である。しかし、［BA59．321］。私が生まれて、59年と321日目と思い込む。私の体は、世間で言われているより、80日間ほど若返ったと思い込んでいる。いや、若返ったのである。

しばらく使っているが、体には特段の不調はあらわれない。身体に変調が起これば、すぐに止めようと思っていた。神仏に逆らうことは、何が起きるかわからない。しかし、何も起きない。いくらか安心している。本当に若くなったような気にもなってきている。

自分としては、客観的に若返ったという証が欲しいところだ。白髪が少なくなり黒くなってきた。しわが少なくなった。足腰に強さが戻った。物忘れが少なくなった。どんなことでもいい。

❖60歳と2カ月　［BA59歳と10カ月］

夏。7月のある日、私は部屋の掃除を思い立った。雨の日であったので、ほこりが立ちにくいと思った。窓を開けた。

箒《ほうき》を取り出し、シュッシュと掃き掃除をした。畳の部屋と板の間があり、カーペートを敷いている箇所もある。隅のほうもていねいに掃き掃除をした。隅には、何度も掃かないと取れない頑固なホコリもある。廊下の窓はサッシとなっている。このサッシのレール溝も掃除しにくい。小さなブラシが欲しいところだ。

そんなときに、洋子の工夫を思い出した。箒などの日用品については、いろいろなことを試していた。思い出したのは、穂先の工夫である。箒の先を手のひらで握り、穂先の部分をより密集させて、その状態で部屋の隅をきれいにしていた。サッシ溝を掃除する際には、ある程度の穂先の長さも必要となる。適当な数の穂先を手でまとめ、束にして握り、太い輪ゴムでしばり、そして掃除をしていた。穂先を細く密集させるということだ。


洋子の掃除姿を思い浮かべていた私は、これは発明品になるかもしれないと思った。早速、アイデアの整理に入った。箒の穂先が広くなったり、すぼまったりするモノは見たことがない。その操作を手のひらで行なうのではなく、機構として行なうようにならないものか。

穂先一本ずつが機械的に動くのが理想だが、コストがかかり過ぎる。そこで、箒として機能する最小穂先数を30本として一セットにする。これを20セット連結し、一本の箒とする。

セットごとに、束を取り囲むアタッチメントを取りつけておく。そのアタッチメントが穂の根元にある状態では、穂先は適度な角度で開いている。箒が普通にやや開きぎみの形状となる。そのアタッチメントは可動式、根元から穂先側に移動させていくことで、徐々に束をしぼることができる構造だ。すなわち、穂先の密集度合いが調整できる箒となる。

このアタッチメントは、手動でも自動でも、可動式であればよい。根元と穂先の間を移動し、適度な穂先密度になった状態で固定できればよいのである。

穂先密度を可変とする箒、「密度可変箒《ほうき》」の誕生である。

❖60歳と4カ月　【BA59歳と8カ月】

私は、「密度可変箒」の原案を構想し、試作品をいくつも作った。そのあとで風見と会うことにした。

「すばらしいアイデアですね。アイデア自体も新規性があります。よく、ここまで試作されました。今の時代、すでに商品化されているアイデアがほとんどなのですが、今ご一緒に確認したように、ネット上での類似品は見当たりません。また、実際に使わせてもらった感想としては、場所に合わせた掃除道具として、機能的に優れているとみました。

私としては、特許申請をされたほうがよいと思います。知り合いに、頼りになる弁理士先生がおられます。ご相談されてはいかがですか」

風見に試作品を披露するのは初めてであるが、ここまで評価されるとは思ってもみなかった。さらに風見は言ってくれた。

「川上さんは、いつまでも奥様と一緒ですね。奥様は、アイデア活動を見守っている神さまのような存在ですね。……ここ最近の川上さんは、以前に比べて、ずいぶんと元気になられたような気がします。アイデアに集中されているのが理由とは思いますが、それ以外に何かあるのでしょうか。還暦以降に元気になられる方は、今までのストレスから解放されたという理由の方が多いのですが、川上さんもそうなんですか？」

私は、若返りカレンダーのことを言おうかとも思ったが、自分でも効果を確かめていないため、やめた。しかし、元気になってきたと言ってくれたことは、素直にうれしく思った。これが、若返りカレンダーの効果の一つかもしれないと思い、次のように返事した。

「元気が出てきたという言葉は、本当にうれしいです。私の目標にしていますから。ただし、理由はストレス軽減だけではないと思っています。大きなことへの挑戦、その真っ最中という気持ちが、もしかすると元気に見せているのかもしれません」

私は、弁理士先生に相談することとして、礼を述べ、風見と別れた。

❖60歳と7カ月　［BA59歳と5カ月］

年末に麻美が来てくれた。12月30日、［BA59．122］の日であった。年末年始はひとが集まる。その際に使う食材などを持ってきてくれたのである。特に、麻美の手づくりのおせち料理は楽しみだ。今年は、実太郎の彼女も来てくれるかもしれない。

「おとうさん、髪、染めてないよね。以前より白いところが減ってきたような気がするわよ」

私は思った。そうだろう、そうだろう。

自分でも鏡を見て、少し白髪が減ったような気がしてきたところだ。色だけじゃなく、髪の毛も太くなったような気もする。髪の毛の太さを測る機械がほしいところだ。そんなことを思いながら、

「うれしいな。麻美が言ってくれると、さらに黒くなりそうだよ」

などと言って、笑った。気分的にも、全く楽しい年末年始となりそうだ。

❖60歳と9カ月　［BA59歳と3カ月］

もう2月。寒い夜であるが、気分は心地よい。

実太郎から、今年の6月に結婚することが決まったと連絡があった。麻美には、子どもができたそうだ。こちらも6月生まれの予定とか。

私は、「密度可変箒」の特許出願も済ませ、今は別のアイデア品に取り組んでいる。さまざま

なことに興味が出てきた。さて、明日は何をしようかなどと考えつつ、眠りについた。

　翌朝早く、台所で音がする。かすかな記憶では6時過ぎだったような——。また眠ってしまった。7時ちょっと前に起きた。今日も気分はいい。体調の悪いところは見当たらない。同世代の連中は、よく病気の話をしているが、ここ最近は体の不調はない。全く幸せな人生だと思っている。

　台所を兼ねたリビングに入った。テーブルに朝食が置いてあるのが見えた。

　あれ？　誰かが作っておいてくれたのかな。麻美が来てくれるはずはないし……確か、6時頃に音がしていた。洋子は、いつも6時には起きていたな……。うん？　洋子？　洋子が作ってくれた朝食かもと思った。しかし、その瞬間、テーブルの上の朝食は見えなくなってしまった。

　日課となっているカレンダーに向かい、大きな声で「本日は、2月22日。私は、59歳と78日めである」と2回、言い放った。カレンダーには、日付の下に［BA59．078］（Y）と書いてある。洋子の命日のため（Y）と書いたのだ。そうだ、あれは、洋子が作ってくれた朝食に間違いない——。

❖61歳［BA59歳］

今日は5月11日。世間では、私の61回めの誕生日である。しかし、私のカレンダーには、［B

Ａ59．000」と書いてある。世間の年齢とは、すでに2年も開いてしまっている。２歳も若くなってしまった。「私は59歳になった。」と大声で言ってみた。

からだ全体から「その通り！」と返事がくる。私のからだ中の全細胞は、１日ずつ、確実に時間をさかのぼっている。

明日からは、何と58歳代に突入する。ますます元気に、楽しくやろう。


先日のゴールデンウイークは、麻美と旦那、実太郎と婚約者が集まってくれた。

そこで、私は「若返りカレンダー」のことを話してみた。「密度可変箒」の話もした。それぞれからこんなコメントをもらうことができた。

麻美の旦那からは、

「お父さんは、もう立派な科学者ですよ。特に、不可逆的な時間に挑戦しているなんて、なかなかできません。かっこいいですよ」

麻美からは、

「箒の工夫は、お母さんもよく言っていたわ。お母さんがなんて言っていたか、よく思い出してみたら、何か新しいアイデアにつながるかもね。次の発明はもう考えてるの？」

実太郎は、

「最近元気になってきたと思っていたら、こんなことしてたんだ。悪いことをしていないか、心配してたよ（笑）。若返りカレンダーは、受けるかもしれんな。スマホとかのアプリで、いつも教えてくれるのもいいかもね」

　実太郎の婚約者も

「すてきなお父さまね」と笑顔で言ってくれた。

かれらからの反応を予想はしていた。「バカじゃないの」系か、「元気になるなら好きにしたらいい」突き放し系だ。しかし、子ども連中はやさしい。うれしくなる言葉ばかりだった。

　洋子の命日に、洋子が朝食を作ってくれた話は、皆が不思議がっていた。

　しかし、私が錯覚やボケで言っているのではないことは、わかってもらえたようだ。

　今「ＢＡ５９．０００」、誠一郎は、楽しみが多くある。

　麻美の子どもが生まれる。

　実太郎の結婚も間もなくだ。

　晴耕雨読。

「密度可変箒」の今後の展開。

「若返りカレンダー」の実験継続。

最も楽しみなのは、少し先になるが、２月22日の洋子の命日が待ち遠しい。どのように洋子が現れてくれるのか、考えるだけで待ち遠しくなる。先日の朝食のように。

洋子さま、頼みますから現れてください。


この世は「エントロピー増大の法則」に支配されている。時は戻らない。しかし、アイデアの着想を大切にし、発明品を創作する活動をすれば、その支配から解放されるかもしれない。

「時間の矢」への逆行を楽しんでいるひとが、ここにいる。

第四話

バンドエイド・ドーム

凡発明品「バンドエイド・ドーム」

主な登場人物

吉村文雄・美江

［娘］（新垣）千絵子・［孫］ほなみ

風見　順

❖

「おーい、ケガしたわ」、文雄が言い、美江が「はいはい」と答えた。

吉村文雄は、昨年が喜寿であった。78歳である。妻の美江は5つ年下の73歳。郊外の一軒家に住んでいる。ふたりとも元気。文雄の口癖は、手先を動かせば、ボケず、老化を防げるよ、というものだ。美江は、元気な夫の世話を楽しくしていた。

文雄は、このときは、カッターやキリなどの手持ち道具を使い、ビックリ箱の作成をしていた。そのときに、誤って手の甲にキズを負ってしまった。甲にキズは、なかなか珍しい。置いてあるキリの先端に気づかず、手の甲を接触させてしまったのだ。手の横から、やや深く斜めに突き刺さったようである。キズ口から血も出ている。しかし病院に行くほどのケガではない。

「どうしたの。……はい」と、美江は、文雄にバンドエイドを手渡した。年に何回かはケガをする。そのとき、決まってバンドエイドが必要になるのである。文雄は、うれしそうに封を開け、手の甲のキズ口の血をぬぐったのち、バンドエイドを貼った。そして、美江に手を差し出した。文雄の手の甲に、美江は手のひらを当て、「い・・・・・・・・・・に」と口ずさみながら、しばらく握っていた。

文雄は言った。

「このバンドエイド、いっぱい使っても余ってしまうわ」

美江は、何度も説明したフレーズを繰り返した。
「ほとんどのバンドエイドは、ほなみの通っていた小学校に寄付していますよ」

このバンドエイドは、バンドエイド（ドーム）という商品名で販売されている。通常のバンドエイドと大きさや形はほぼ同じ。両サイドに粘着テープがあり、センターには、患部に当てる部分がある。違う点は、キズ口に当てる部分が布ではなく、ドーム状の透明プラスチックが取りつけてあることである。立体の形状をしたバンドエイドになっている。キズ口に何も触れさせないように、そのドーム部分をかぶせるのである。ドームの円周にはヒフに接触する布がひも状についており、その布にはキズを化膿させないような薬品が含ませてある。

バンドエイド・ドームは、製品バリエーションが多い。キズ口の大きさに合わせ、ドームのサイズに変化を持たせている。また、ドームには、微細な孔が施してあり空気抜きできる機能つきのものもある。ドームの材質も、硬質から柔軟のタイプまで、幾種類が用意されている。ドームの形や高さにも、多くのバリエーションがあるため、箱への入数の変化も考慮すれば、50種を下らないラインナップになっている。

❖

吉村文雄と美江は、ふたり暮らしである。

千絵子というひとり娘がいる。結婚し新垣千絵子となり、ずっと、近くのアパートに住んでいた。しかし、今は夫の関係で、アメリカ西海岸に行ってしまった。この先5年後に、日本に帰ってくるようなことを言っていた。彼らには、ほなみという女の子がおり、文雄と美江にとっての唯一の孫であった。彼女も一緒にアメリカに行っている。大きくなり、まもなく結婚をするという連絡があったところだ。結婚式に合わせ、文雄と美江は、初めてアメリカに遊びに行く予定となっている——。

新垣夫婦が近くのアパートに住んでいた20年以上前のことだ。

彼らは、文雄の家によく遊びに来ていた。一緒に食事をすることも多く、また、国内旅行にもよく行った。やがて、千絵子に子どもができた。ほなみだ。

千絵子は昼間には働いていたため、その間は、美江がほなみの面倒をみていた。美江とほなみは、一緒にいることが多かった。

ほなみは、小さい頃から人形やヌイグルミが大好きだった。しかし、欲しいときにすぐには買ってもらえなかった。何度も何度もねだったあとに、やっと買ってもらうことができた。母親の千絵子が、自分の経験として、そのようにしたほうが人形を愛することができると思っていたからである。

それでも、小学校に入った頃には、12体もの人形がそろっていた。モノ持ちはいい。ほとんどの人形は、大きなケガもなく、極端な汚れなどもない。

この頃のお気に入りは、ロボットであった。

ほなみは、今日もそのロボットを連れて、文雄の家に来ていた。ロボットの名前は「ガンタ」と言っていた。ほなみをどのようなときでも助けてくれる頼りになる防衛隊だそうだ。

ほなみは物語をつくるのが好きな女の子で、自分でシナリオをつくっては、美江と一緒に遊んでいた。シナリオはほとんどがその場での思いつきだが、定番のような展開がある。それは、ほなみと美江が窮地に陥り、するとロボットのガンタが登場して、ふたりを助けてくれる、というものだ。ふたりはよく窮地に陥るので、ガンタも大変である。登場シーンが多過ぎる。休む暇がない。また、突然現れる未知の敵や向かってくる電車とも戦わないといけない。投げられ、踏まれ蹴られ、引っ張られ、叩かれる。

確か、飼っていた金魚が大きくなりすぎて狂暴になったときも、ガンタが登場した。

水槽に見立てた机、そこにいる風船の巨大な金魚、ガンタは金魚に振り回され、机の角に強くぶつかった。ガンタはその太い腕で頭をかばったが、腕が折れてしまった。いままでも、腕には擦りキズなどは多くあったが、今回はおおごとだ。太い腕が折れ、真っすぐに戻らないのである。

ほなみは、じっとキズ口を見ていた。シナリオはここから進まない。巨大な金魚はどこかに消えてしまった。そして、悲しくなり、泣いてしまった。

「ガンタ、ごめんね。……痛い？」とキズ口を触っている。

美江が言った。

「あらあら、大変。私たちの大切な防衛隊だから、元気になってもらわないと困るわ。……ほなみちゃん、じゃあ、まず腕を真っすぐにしてあげましょうね」

ふたりで相談し、家庭薬として置いてあった大きめのキズ用テープを、ガンタの腕に貼ることにした。


ほなみは、家に帰ったあとも、ガンタのキズが気になってしかたがない。テープの上からさすってみたが、指に伝わる感触で、割れたキズ口は治っていないことを知る。しばらくして、また上から触ってみる。まだ治らない。

寝る前には、心配な気持ちを押さえきれず、テープをそっとはがしてしまった。そしてキズ口を見る。治っていない。そっと、テープをキズ口に当てなおし、その日は、悲しい気持ちのまま眠った。

翌日も、ほなみは文雄の家に来た。ケガをしたガンタも一緒だ。ガンタとしても、こんなキズ程度では、ほなみ防衛隊を辞めるわけにはいかない。しかし、今日のほなみのシナリオには、戦う敵は現れない。ほなみは、キズ口が気になってしかたがないことを話した。

「ガンタも痛そうなの。治らないかな」と。美江は、相づちをうちながら聞いていた。

おやつの時間となった。今日のおやつは和菓子である。美江が近くのお菓子屋さんで買ってきたものが、幾種類もあった。ひとつずつ、ていねいにパックされている。ほなみは、ピンク色のお饅頭を選んだ。中には白あん。おいしいね、と言いながら食べてくれている。

ほなみは食べながら、何かを考えながら、しばらくして言った。

「おばあちゃん、はさみがほしい」

「はーい」と、美江はハサミを取りに行った。

ほなみは、じーっと、透明なパックを見ている。

美江は戻り、ハサミをほなみに渡した。

ほなみは、器用だ。ハサミの使い方も、すでに知っている。ほなみは、躊躇《ちゅうちょ》せず、お菓子の入っていた透明パックの一部を切っていった。四隅の一角を切り取り、三角錐状の柔らかな曲面状のパーツとして切り取った。そして言った。

「透明がいいわ。よく見える」と。

そのあとのスピードも速い。ガンタのキズ口に貼ってあるテープを勢いよくはがした。そして、三角錐状に切り取ったパーツをキズ口に当てた。そして、薬箱の中にあるキズ用テープを取りにいった。戻ってくるやいなや、切り取ったパーツの真ん中あたりが、できるだけ透明のまま残るように、少しずつテープを切り取り、ガンタの腕にパーツを貼りつけた。キズ口が見えるプラスチックカバーだ。

なかなかていねいな手当ぶりだった。終ったあと、ほなみは満足げに言った。

「ガンタ、お手当は終わりよ。これでガンタのキズもよく見えるわ。いつも見えるわ」

切り取ったパックが透明であるため、キズ口がよく見える。美江も、

「ほなみちゃん、すごいね。ほなみちゃんがいつも見てくれているから、ガンタも大喜びよ。……このお手当はお医者もびっくりよ。ほんとうに、すごいこと考えたわね」

と、本気でほめていた。夫の文雄の工作好きが影響しているかと思った。ただし、このセンスのよさは文雄にはないことは知っていた。

「ほなみちゃん。このガンタのお手当ては、たぶん、おじいちゃんが喜ぶから、持っていって、見せてあげて」

文雄は、自分の部屋にいた。ほなみが来た。そして、ガンタが頼りになることを話した。強そ

うな名前が自慢のようだ。リリンダという金魚の敵と戦っていたとき、ケガをしてしまい、ほなみ自身が手当てをしたことを話してくれた。キズが治らないので、心配でたまらないらしい。

美江からは、和菓子のパックを切り取り、キズのプラスチックカバーとした話を加えた。ほなみ自身が考えて、作ったことを。

文雄は、ガンタの腕に目をやり、キズ口が透明カバーで守られているのを見た。なるほど、すばらしいアイデアだ。センスもいい。しばらくして、文雄は、

「ガンタも大活躍したんだな。この腕で、ほなみを守ってくれたんだ。ほなみは、早く治るように祈ってあげてね」と、ほなみに話しかけた。

ほなみは即答した。

「ガンタのキズ、治ったか見えるでしょ」

文雄は、その理由に納得して言った。

「ほなみちゃんは、本当に優しい子だね。ここの透明がいい。ガンタも大喜びしているよ」

千絵子が迎えに来る時間になった。ほなみの髪をさすりながら、美江が言った。

「ほなみちゃん、気をつけて帰るのよ。ガンタがいるから大丈夫だね。そうだ、ガンタのキズが治るおまじないをしてあげる」と言って、ガンタの腕に手当てした透明カバーに、美江は手を

そっと当て、

「い・・・・・・・・・・・に」と小声で言った。

ほなみが聞いた。

「おばあちゃん、今のおまじない、なーに」

「いたいの、いたいの、飛んでケー。治りますように。って言ったのよ。ガンタにも伝わるように、気持ちを込めて」と、美江は言った。


次の日も、ほなみがガンタとともに来てくれた。ガンタには、あのパックを切り取ったキズ当てカバーがない。ガンタの腕を見ると、少しキズ跡が少し残っているものの、キズ口がふさがり、腕が真っすぐになっている。ほなみは言った。

「おばあちゃんのおまじない、すごいね。ガンタの腕、治ったのよ。ありがとう」

❖

今から20年前は、文雄は58歳だった。

印刷会社に勤めていた。入社した当時は本当に小さな会社であったが、そのころはずいぶんと大きくなっていた。印刷技術も進化し、工程の自動化が進み、印刷工程の人数よりも、営業や事務の仕事をするひとのほうが多くなっていた。

ペーパーレスの影響を受け、以前からの主力であった紙への印刷事業だけでは、継続が難しくなったのである。事業の多角化を図るようになった。文雄は、多角化のひとつの方向である、印刷に関わる文化維持事業の事務統括をするようになっていた。

以前よりも残業・休日出勤が少なくなり、余裕時間の使い方を考えるようになっていたころだ。何かを作ることが好きだったので、工作を始めるような気持ちで、個人発明の会に参加するようになった。余裕時間を、その発明ということに注いでみようと考えたのである。

その個人の発明の会とは、月に一回の例会がある。新しいことに挑戦しているひとから直接話を聞いたり、会員同士でアイデアを披露し合ったりしていた。その会に出かける前には、少し億劫に感じることもあったが、参加してみると元気をもらって帰ってくる自分にも気がついていた。

会の中でのアイデア披露もしてみた。評価は、あまりよくない。自信あるアイデアでも、まだまだだと感じて帰る時もある。世の中には、すばらしい発想をするひとがいるものだと、感心することも多かった。

その会で、風見という男と知り合いになった。文雄よりずいぶんと若い。何をしているひとかはわからないが、個人でアイデアや発明に取り組むこと、この活動自体の価値は高いと思っているひとのようである。文雄のアイデア披露のあとに声をかけてくれ、また評価をしてくれた。その評価がうれしく、個人の発明の会を継続しているようなものである。

文雄は、特許という世界にも興味があった。しかし、個人の発明の会に参加し、多くの発明に関する情報が蓄積するに従い、特許への考えも変化していた。アイデアや発明の権利化、特許に第一の価値をおくということではなく、別の価値観があるということである。

確かに、すばらしい発明は、特許などの権利化をしておくことで、時に莫大な見返りが約束されることはわかっている。しかし、世の中に認められるようなすばらしいアイデアや発明は、まずできない。必ずと言っていいほど、この広い世界には、既に同様のモノがあるということだ。また、たとえ本当に新しいモノであっても、よいモノであればあるほど、すぐに類似品が現れる。その対策には、大変な労力が必要になる。即ち、権利化活動や、その防衛・維持活動には、膨大な努力とお金が必要であり、到底、個人で対応できる時代ではなくなっているようだ。これらを知るようになり、ひとつの結論として、詰まるところ、個人の発明活動には限界があるということを理解していた。

しかし、自分が好きであればそれでいい、と割り切り、続けていた。

そんなときだった。ほなみのキズ当てパックを見た。着眼がいい。文雄としても、身の回り品の新規アイデアは探りに探り、考え抜いていたが、こんなすばらしいセンスのアイデアはなかった。文雄は、このキズ当てを見たとき、プラスチックのドーム状を鮮明に記憶した。このドーム・アイデアを洗練すれば、立派なモノになると直感した。プラスチックのドーム状の透明カバーでキズ口を覆う。これを真剣に考えることにした。

特許情報を調べることも、いくらかはできるようになっていたため、特許先願情報の検索を自分なりにしてみた。参考となる情報がないか、調べ方が甘いのか、同じようなアイデアは見当たらなかった。

もしかすると、先願されていないのかもしれない。文雄は、さらに独自にアイデアを深めるしかないと思い、そして以下を基本に進めていった。

①キズ口をドームカバーで覆う。モノに触れないため、キズ口に優しい。
②ドームカバーは、透明とする。
③ドームカバー内は、治癒に役立つ環境になると、さらにいい。
湿度調整、治癒剤を充たすなどして、ドーム内をキズに優しい環境とする。
④ドームの大きさや形状は、キズの形・部位に合わせ、いくつものバリエーションを持つ。

この四つを基本に、試作品を作っていった。

一番小型のものは、薬の錠剤の入っている透明カバーをドームカバーとして代用した。いろいろな形状の錠剤カバーがあるが、半球状のものや、半カプセル状のものなどを切り取った。それを、市販のバンドエイドに取りつけてみた。文雄・ほなみの合作の自信作、バンドエイド・ドームである。

❖

文雄は、定期的に医者に通っていた。その際、主治医にバンドエイド・ドームを見せてやろうと思っていた。文雄の体調は、取り立てて騒ぐほどの異常状態ではないものの、いろいろな箇所がくたびれてきているのは知っている。その数値を見つけ、いつも主治医は、少しずつ脅しをかけてくるのである。

文雄は、「手先を動かせばボケず、老化も防げるよ」と答えている。主治医は決まって言う。

「手先を動かすのはいいことですよ。次、何か作ったものを見せてくれませんか」

医者は文雄と同世代だが、見せられるほどのモノがないことを知って言う。可愛げがない。

「吉村さん、どこか体調に変化はありますか？」

問診から始まる。血液採取、血圧測定などといったいつものコースだ。手の甲にバンドエイド・ドームを、これ見よがしにつけていったため、主治医の目に留まり、聞いてくれた。

「めずらしい形の傷テープですね」

文雄は落ち着いて言った。

「私の手作りなんです。アイデア品ですよ」と始め、考えている効能などについても説明した。ほなみのことは言わなかった。

主治医は、しばらく聞き、少しうなりながら、少し考えていた。そして、「すばらしいアイデアですね。吉村さん。私も、患者さんのキズ口を見たい場合があります。そんなときに使ってみたいものです」と言ってくれた。

高評価である。文雄は、心の中で味わったことのない幸福な感覚につつまれてしまった。世の中に、いいことをしたような気がした。

個人発明の会で風見と会った。そして、このバンドエイド・ドームにことを話した。ほなみのアイデアを見た瞬間の話から、先願調査をした結果の報告、試作を重ねた話、そして主治医からのコメントまでである。

風見は、試作品を見つめ、そして感想を言ってくれた。

「吉村さん、この発明品は大化けするかもしれません。キズに触れさせず、キズ状態が見える。お医者さんにもニーズがありそうです。お孫さんの遊びを見ての直感、これを大切にされたこと、その後の試作活動もすばらしいと思います」

「いやぁ、風見さんからそういってもらえると、うれしいですね。こんなに評価してもらったことは初めてです」と文雄は言い、これからどうしたものかをたずねてみた。

「ついてはですね、これからどのように活動をしたらいいでしょうか。この会の中で、私は学びました。個人発明の活動は、権利化も普及も、大変な努力と苦労が必要になることを……。私は、その世界には踏み入りたくありません。というより、私には体力的にも財力的に難しいのです。このアイデアを世に出す方法、ありますかね」

　風見は考え、そして言ってくれた。

「方向として、二通りの方法があります」風見は文雄の顔を見て、続けた。

「ひとつめは、まず特許の権利化申請をしておく。そのあと、製造メーカーにアプローチしてみる。ライセンスフィーを交渉するという方法です。多くの個人の方が挑戦をしていますが、成功率はかなり低いでしょう。また、いくらかの費用と時間も必要です。ふたつめは、一切の権利主張をしない方法です。吉村さんの名前、功績は残りませんが、アイデア品が世に普及する可能性はあります。その方法を簡単にいえば、まず欲を除き、そして、製造メーカーにアイデア書を送ります。あとは、メーカー任せです。

企業が新商品を出す場合には、私たちの知らない、かなり多くの繊細な作業があります。商品を作るだけでなく、多くの法令に順守することや、市場販売予測、マーケティング、パッケージはじめ。世界中の権利化調査などは、想像もできないほどの活動です。

企業がその道をたどるには、いくらかの投資が必要となります。アイデア提供者が個人である場合、ライセンスフィーなど不安定材料が多過ぎるのです。後々の訴訟リスクも考えておかないといけません。リスクが大き過ぎるのです。ですから、あえて個人アイデアを基に、新商品を進める理由がないのです。検討テーマにすら登りません。

そのハードルを低くするため、権利化などの主張を一切放棄し、アイデアのみの提供をするということです」

最後に風見が言った。

「気持ちのやさしいお孫さんですね。その気持ちから出たアイデアですから、本物だと思いますよ」

❖

文雄は、バンドエイドの国内販売会社に手紙を送った。内容は、バンドエイド・ドームの効能内容と、試しに使ってみた状況、いくつかの試作品、関係者からのコメントなどである。そこには、一切の権利化などを放棄することも書き添えていた。

その提案をしたことを、個人発明の会で風見に話した。風見からは、

「販売会社のため、そのまま埋もれる可能性は高いです。しかし、吉村さんとして、日本のひとに提案したかったのであれば、悪い選択ではありません。このあとは、気にしてもしかたがありません。しばらくしても、何の反応もない時には、また作戦を考えましょう」

と言ってくれた。

半年以上が経過したころ、その国内販売会社から連絡があった。会いたいということなので、会社まで出かけてゆき、担当者と会うことにした。

担当者からの話はこうだった。

「吉村さんからのご提案は、具体的でわかりやすく、大変いいものをいただきました。会社で相談した結果、海外の製造元に提案をしたのです。その結果、製造元から回答がありました。要点は三つです。

①類似アイデアも多く、現在、商品化を検討している最中である。
②その新商品は日本にも展開をする計画である。
③日本市場の情報として大変貴重であり、アイデアの発案者には感謝する。
という連絡です。よって、吉村様にご連絡をした次第です」

とのことだった。


このアイデアについては、すでに類似があることは少し残念な内容であったが、思いなおし、文雄は担当者に言った。

「今回のご連絡、ありがとうございます。また、貴社で取り扱っていただいたこと、うれしい限りです。また、海外の製造元様からの回答内容も教えていただき、感動しました。それだけで十分ですので、また、新商品として展開された場合には、少しでも連絡をいただければ、それで十分です」

そう言ったあと、ほなみのことも話した。

「実は、孫のほなみのアイデアから直感したんです。孫が小1の時でした。このロボットのガンタが、最初の利用者です。このバンドエイド・ドームをつけ、おまじないをしました。翌日にはガンタのキズがふさがっていたのには、本当にビックリしました」

などと説明した。

担当者がおまじないとは何かを聞いてきたため、

「ただ、『い・・・・・・・・に』と10秒ほど言うだけと聞いています。ただし、キズを覆うドームの上の手のひらをおいて、それから言うのです」

❖

小学校への寄付を免れた普通サイズのバンドエイド・ドームが家においてある。

今回も、美江のおまじないがあったため、キズ口がきれいに治った。女性とは、本当に不思議なパワーがあるものだと、つくづく思う。

国内販売用のバンドエイド・ドームには、日本語で使用方法がケースに書かれている。

【効果的な使い方】

当製品をキズに当てたのち、やさしく手のひらで覆い、
そして10秒間、「い・・・・・・・・に」と念じる。

驚くような効果が現れる場合があります。当製品の特別なおまじないです。

英語版にも書いてあるらしい。

【More effective usage】

After applying this product to scratches, gently cover it with your palm.

And for 10 seconds, please think in a small voice " Yeah・・・・・Neah"

It may have surprising effects. A special spell of this product.

「痛いの、痛いの、飛んでケー。治りますように」とは、だれも思わないだろう。吉村家の者だけが知っている秘密である。

吉村家には、毎年、国内販売会社から複数種のバンドエイド・ドームが送られてくる。このアイデアへのお礼ということらしい。

最初に届けてもらった際に、販売会社にお礼とともに、その後の現品提供についてはお断りをしたのだが、その後も、販売会社から送ってくれる。

数が多いので、販売会社に了解を得たうえで、ずっと小学校に寄付をしている。今年で15回めとなる。

販売会社は、100年間は送らせていただきますと言っていた。

小学校では、「ほなみのバンドエイド」と呼んでくれているらしい。

第五話

発明家の遺伝子

凡発明品「ゴミ収納付ティッシュボックス」

主な登場人物

三田村晴彦

山田弦太郎・〔娘〕あかり・〔孫〕亮太

竹田（吉田）ひろみ

風見　順

❖

東町公園から声が聞こえてくる。お母さんと子どもの声だと、晴彦は思った。

三田村晴彦はひとり暮らし。あまり出歩くことはない。しかし、今日は気分がいいため、少し散歩することにした。春の風を心地よく感じながら、今日の午後に何をしようか、ぼんやりと思い浮かべていた。

公園には二組のひとがいた。一組は、おばあちゃんの3人連れ。公園の真ん中にいる。大きな屋根のあるテーブルつきのベンチで、ぼそぼそと世間話をしているようだ。もう一組が、晴彦の聞いた声の主であろう。幼稚園くらいの男の子をつれたお母さんがいた。お母さんは木陰となるベンチに座っている。男の子は、ベンチの近くにしゃがみ込み、何かをしている。この近くに幼稚園がある。その帰りに立ち寄ったのであろう、お母さんの手元には、丸めてある画用紙が見える。男の子の作品だろうかと晴彦は思った。

晴彦は、公園への先客らと目が合わない位置にあるベンチに腰を下ろした。しばらくするとお母さんの声が聞こえた。

「亮太、誰を描いたの？」

亮太という名前のようだ。小枝を使い、地面にひとを描いている。

「みおちゃん」と亮太と呼ばれた子が答えた。

絵の描けそうな地面を見つけ、次々と移りながら、いろいろなひとの顔を描いている。そうして、亮太が少しずつ晴彦のほうに近づいてくる。晴彦は、自然と亮太の動きを目で追っていた。不意に亮太が顔を上げた時、晴彦と目が合った。晴彦は、しっかりした目の子だと感じ、「上手だね」と感心してみせた。

亮太は、晴彦に笑顔を残しながら、お母さんのほうに走っていった。晴彦は、亮太の向かうベンチに座っているお母さんに視線を移した。そのお母さんを見て、晴彦は思い出した。山田あかりちゃんだ、と。

会ったのは、6年前の、山田弦太郎の告別式である。弦太郎と晴彦は、幼馴染で同級生だ。70歳を超え、まだまだお互い元気だと言い合っていたが、弦太郎は突然、脳溢血で亡くなってしまったのだ。弦太郎の娘があかりである。晴彦は、あかりと多く話をしていないが、顔と名前はしっかりと記憶していた。

亮太くんは弦太郎の孫なんだ、と晴彦は思った。

亮太は、あかりの手元から丸まった画用紙をつかみ、晴彦のベンチにやってきた。

「おじいちゃん、これ」と画用紙を広げて見せた。

灰色頭の人物が描かれている。大きな眼鏡をかけた、口ひげを備えた、ほうれい線がしっかり入っている、おじいちゃんの絵である。

「三田村さんですか？」あかりが晴彦の近くまで来ていた。

「お久しぶりです。あかりさんですよね」などと挨拶を交わしたのち、あかりが絵の説明をしてくれた。要点はこうだ。

幼稚園で、家族のひとの絵、誰でもいいので描きましょうとなった。その時、亮太はおじいちゃんの絵を描いた。先生は家族構成を知っているので、おじいちゃんのいないことはわかっていた。それで、絵を描いた理由を聞きたいと連絡があり、今日、幼稚園に行った。

亮太は、ひとの顔を描くのが好きで、お父さんの絵や、大きくなった自分の絵を描いていた。

幼稚園の宿題には、夢を見たというおじいちゃんを選んだ、と。

晴彦は、亮太を見ていると、なぜか、弦太郎と遊んでいた幼少のころを思い出してしまった。


ふたりは仲がよく、小学校の低学年の頃は、いつも一緒に遊んでいた。モノのない時代であったが、身の回りのモノすべてが遊び道具だった。絵を描くクレヨンなどはなかった。色鉛筆はセットになっておらず、赤と青の鉛筆だけ。鉛筆の芯も質が悪かった。また、絵を描く紙も本当に少なかった。木や石に絵を描いたりもしていた。

小学校では、わら半紙という茶色の紙が配られる。そこに絵を描く機会が幾度かあった。その中に、自分の未来を描いてみましょうという時間があった。晴彦は、未来の自分を描いたことを思い出していたのである。

晴彦も弦太郎も、手先は器用で、いろいろなモノを作った。虫を捕る道具、チャンバラ道具、盤上ゲームの駒、などなど。女の子とはオママゴトもしていた。ふたりとも竹田ひろみという女の子と遊びたくてしかたがなかった。

ある時、弦太郎がフライパンセットを木で作ったことがある。フライパンとフライ返しである。このセットを、晴彦が作ったブリキ製の手裏剣数枚と交換したことがある。

ひろみと遊んでいたとき、

「すごい、このフライパン。……何を焼こうかな。はるひこに作ってあげる」

と、ひろみから言ってくれた時には、本当にうれしかった。

「このフライパン、どうやって作ったの？」

ひろみが聞いてきた。晴彦は
「弦ちゃんが作ったんだ」

とは言わず、適当に自分が作ったことにしておいた。

そのあとも、何度かフライパンでのオママゴト遊びは続いていた。晴彦は、その時に「弦ちゃん」製であると言わなかったことがずっと気になり、少し後ろめたく、自分が少し嫌になっていた。弦太郎を裏切っている気持ちが強く残っていた。嘘をつき通しているのが苦しかった。オママゴト遊びを繰り返すたびに、心の小さなキズが深くなっていった。

大人になってからも、時々に思い出すほどの記憶となっている。

晴彦は、弦太郎の告別式の際に、このことを霊前で詫びたほどだ。


晴彦は画用紙を見つめながら、亮太に聞いてみた。

「これは誰かな？」

「ぼくのおじいちゃんだよ」亮太は少し丁寧に言った。

「なぜ、目をつむっているの？」

晴彦は聞いてみた。描かれている右目をつむっているように見える。

「ウィンクだよ」と、亮太は元気よく言った。

❖

晴彦は工業高校を卒業し、近くにある建材の工場に勤め始めた。

定年まで、その会社でがんばってきた。もともとモノ作りが性に合っていたため、会社での生活は充実していた。

本当に一所懸命働いた。今のように残業時間の上限などはなかった。会社は伸びるだけ伸びるという時代であった。仕事は溢れるほどあった。晴彦は責任感が強く、またいつもキッチリとした正確な仕事をしていたため、信頼されていた。

話はあまり上手なほうではなかったこともあり、意見が食い違っていても、議論とはならない。酒の席なども苦手であった。会社の拡大とともに、管理職という役になったが、事務所にいるよりは現場が好きだった。新しい部材を造る話となると、つい張り切ってしまう。出世というよりは、製造現場で日々試行錯誤していることを望んだ。

三十過ぎに、二度、お見合いをしたが、うまく運ばなかった。

その後も所帯を持ちたいと思っていた。四十を超えると、一生独身でも構わないと考えるようになり、仕事に精を出した。現在では、一生独身というのも珍しくない。しかし、晴彦の世代では珍しかったため、変人とのうわさがあることも知っていた。しかし、気に留めはしなかった。

晴彦はその変人のまま、無事に定年の60歳まで勤めることができた。

もう77歳になった。ふたりの姉があり、いずれも結婚し子どもや孫がいる。たまに、晴彦の暮らしぶりをのぞいてくれている。

60歳定年後は、退職金で株などに投資してみたが、たいていは大損をした。今はやめている。

手に特段の資格があるわけではないため、定年後の職探しも厳しかった。身体的には、これといった持病もなく健康である。しかし、これからの人生をどのように過ごすかを考えれば考えるほど、元気がなくなってゆく。

本などは、ほとんど読んだことはなかった。定年後に、人生について考え直すために読み始めた。しかし、なかなか人生を変えるまでの本には巡り合わなかった。本を通して再確認することができたことは、

年を取ったら好きなことをやればいい

目標や予定をしっかり立てて生きていくことが大切

健康第一

といったことだ。

シニアでも参加できる集まりがないか、探してみた。シニアメンバーだけの会ではなく、年齢層を問わない会がいい。

その中に、個人発明の会があった。晴彦も、いろいろなモノ作りのアイデアがあり、また簡単な試作品であれば作ることもできるため、参加してみることにした。月に一度の会合がある。30～40名の参加者で、個人発明について情報交換を行なっている。ヒット商品として世に出すことを夢見て参加しているメンバーも多い。シニア層を対象とした趣味の会も多いが、夢の大きさで

は、個人発明の会に勝る会はなさそうだ。

参加メンバーの多くは、発明で一攫千金などは、夢のまた夢であることを重々承知している。その上で、はるかに遠い夢に向かい、それぞれのひとの合ったやり方で、時に真剣に取り組んでいる。参加メンバーのその姿勢には、いつも元気づけられている。個人で創作したアイデア品を、研究発表と称し、メンバーに披露する時間帯もある。

会で発表されたアイデアは、発表者に知的財産権の優先権があることになっている。聞いたメンバーには機密保持の義務が課せられている。発表後には、参加メンバーから意見が出される。意見の中には、自分では気づかない点が多い。発表者は、その意見を参考にして、さらに改善をしてゆく楽しみもあるというわけだ。

晴彦もいくつかの試作品を出してみた。しかし、手厳しい意見がほとんどであり、創作意欲が強くなるまでには、まだ至っていない。修行中の身である。

晴彦は、現在では、この会をひとつの生活リズムと考えている。月一回の会合というペースもなかなかいい。自分の年齢でも落ち着ける雰囲気がいい。自分に合っている。仲間も少しずつでき、会以外の場で会うことも少しずつ出ている。

その中に、風見順という男がいる。年齢は40歳そこそこだが、味がある。会の中では、観点の違う意見を、前向きなアドバイスとして出してくれる。発明や知的財産権についての知識や経験は豊富なようである。風見の本業などは、わからないところが多い。

晴彦は、挨拶だけではなく、いろいろと話をする仲になっていった。風見はどんな話にも乗ってくれる。また素直に意見を言ってくれるところがいい。その意見は、受け入れやすく、大変参考になる。

たとえば、昔の話として、弦ちゃんのフライパンセットを自分のモノと嘘をついた話もしたことがある。その時の風見の言葉は、

「三田村さんは、生まれ持っての正直さがあります。いいひとなのですね。いいひとは、権力にはあまり縁がなく、出世や贅沢はできませんが、心はいつも平穏ではないでしょうか。うらやましい限りです。お話しされた記憶は大切にしてください。どなたでも持てる記憶ではありませんよ」

というものだった。30歳以上も年下とは思えない発言だが、つい聞いてしまう。そんな意見を言ってくれる男なのである。

この発明の会が、生活リズムの一部になったのも、風見からの言葉だった。

「三田村さん。私は、アイデアを思い浮かべただけでは元気になれません。それを基にして、体を動かすこと、動くことが大切と思っています。自分で考えたことを、作ってみる。自分で動き、

自分で工夫を凝らしながら作ってみることです。一見、大変ですが、こんなに健康的なことは、他にはないと思っています」

❖

晴彦の一番上の姉は、年齢で85を超えている。

少し調子が悪くなり、かかりつけの医者から、要介護認定を受けることになった。痴呆っ気が入ってきているようだ。その症状を抑えるため、問診や生活改善を指導してくれる専門クリニックがあるらしい。姉も通い始めた。

晴彦は、まもなく自分も関係することであろうと思い、その専門クリニックを見ておきたかった。姉の家族に説明し、車での姉の送り迎えを兼ね、専門クリニックを訪れた。晴彦は77歳になっていたが、視力も判断力も問題ないと思っている。まだまだ運転は大丈夫だ。免許証の返納などは考えたこともない。

専門クリニックに到着すると、待合室でしばらく待つことになった。姉の状態も心配するほどのことはない。普段の会話はできる。しかし、家族によると、時間帯によって少しボケが入ることがあるようだ。専門クリニックには、３名ほどの待合者がいた。

車椅子で来るひともあるようだ。つき添いのひとが車椅子を押しながら、おばあちゃんが入って来た。つき添いのひとは息子さんであろうか、50歳あたりに見受けられた。

車椅子のおばあちゃんは、晴彦らの待っている場所より斜め前に落ち着いた。顔は見えない。ティッシュペーパーを箱のまま抱えている。一枚取り出し、あごのあたりをティッシュで拭き、丸め、おなかのあたりに溜めている。あごのあたりが汚れているのが気になるようだ。

また一枚取り出した、またあごのあたりを拭き、丸め、おなかあたりで溜めて持つ。10枚ほどだろうか、使用済みティッシュが見えた。息子さんが来て、使用済みティッシュを、手提げ袋に入れ替えた。ティッシュの代わりにタオルを渡すが、おばあちゃんは受け取らない。斜めに見える顔はすっきりとした笑顔であった。顔に何かが付いているようには見えないが、何かが気になるのだろう、また一枚、ティッシュを取り出した。

姉が呼ばれた。順番が来た。診察室に入り、先生による問診が始まった。

痴呆状況を測定、診断するため、一連の質問プログラムがある。それを終えたあと、診断結果の説明があった。次に、日常の生活環境などの聞き取りがあり、診察を終えた。ていねいで、わかりやすい問診、説明であった。

診察から戻り、待合所で処方薬と診察料の精算を待つ。先ほどの車椅子のおばあちゃんは、同じ場所にいた。晴彦は、正面から顔を見ることができた。どこかで見たような顔である。つき添いのひとは見覚えがない。

しばらくすると、

「吉田ひろみさん」

と、診察室への案内アナウンスが流れた。おばあちゃんの順番のようだ。

吉・田・ひ・ろ・み・さん、と頭の中で晴彦は繰り返した。……。

あっ、ひろみちゃんだ。小学校の頃、遊んでいたひろみちゃん。あこがれていた竹田ひろみだ、と晴彦は思った。結婚して、竹田が吉田に変わったのだろう。ひろみが来ている。


小学校低学年までは、晴彦は、ひろみ、弦太郎とよく遊んだ。三人で探検したり、ボール遊びしたり本当に仲のよい友だちだった。晴彦と弦太郎は、いずれも、ひろみに「僕と結婚しよう」とプロポーズしていた。競い合っていたのである。結婚が何であるかを知らないまま言っていた。ふたりとも、一番好きな女の子であることには間違いなかった。

晴彦、弦太郎とも、いろいろなモノを作るのが好きだった。晴彦は、自分で作ったもので、ひろみとの遊びを独占しているときは、何ともうれしかったことを覚えている。

ひろみは診察室に入っていった。

晴彦は、待合室でのすべての用事は終わったが、ひろみが戻ってくるのを待った。

やがて、ひろみが診察室から戻ってきた。

つき添いのひとを少し呼び寄せ、小声で
「すみません。突然で失礼ですが、あの方は、竹田ひろみさんでしょうか。……私は、小さいころ、よく遊んだ三田村晴彦と言います」と話した。

「晴彦さん……ですか？」とつき添いのひとは言い、続けて、

「母の旧姓は竹田です。竹田ひろみでした。今は吉田に変わっていますが……」と言った。

晴彦は、

「息子さんですか」とつき添いのひとに言い、軽く頷いてくれたのを確認し、

「ひろみさんに、少し話かけてもいいですか？」と了解を請うた。

晴彦は、決して積極的に話かける性格ではなかったが、何の躊躇もせずに聞いていた。

「構いませんよ。少しボケが入っていますが、今は大丈夫と思います。覚えているといいのですが」と息子さんは答えてくれた。

晴彦は、ゆっくりとひろみに近づき、そしてゆっくりと、

「こんにちは。お久しぶりです」ひろみの眼を見て、晴彦は続けた。

「三田村晴彦、は・る・ひ・こ・です」

と言った。

ひろみは、しばらく晴彦の顔を見つめ、少し驚いたように、

「はるひこ？　ああ、はるひこさん……」

とゆっくりと答えてくれた。ひろみの頭の中で、幼少の頃のいろいろなことが巡っているのであろうか。

ひろみの眼を見る限り、ピンときていないようだ。

晴彦は、ティッシュを持っているひろみの手元に、視線を移した。それを見ていた息子さんが、

「顔には何もついていないんですが。顔を気にして、ティッシュを離さないんです。なぜか、ハンカチやタオルではダメなんですよね。ティッシュを取り出す感覚が、気持ちいいんでしょうか」

と言った。

晴彦は、息子さんにお礼を言い、専門クリニックを出た。

❖

木枯らしが吹き始めた11月下旬、軽く昼ごはんを食べ、晴彦は散歩に出た。

近くの文具店でボールペンを購入した。喫茶店で時間をつぶしたのち、東町公園に来た。亮太に会って以来、よく、この公園に来るようになった。

暖かい時期には、朝と夕方の二回、最近は寒いので昼一回程度の散歩としている。晴彦の体調はまったく問題ない。ただし、充実した生活とはなかなか言えない。時間を持て余し気味である。睡眠不足となる日も多い。

襟をそば立て、澄んだ空を見ていた。ずいぶんと時間がたったあとである。亮太の通っている幼稚園から、数人が公園に向かって歩いてきた。時間を見ると、すでに午後四時になっていた。その中に、あかりと亮太がいる。数人は、そのまま公園に入り、ベンチに座った。

あかりと亮太の方を見ていた晴彦を、亮太が見つけてくれた。

あかりに一声かけ、亮太は晴彦のところに向かってきた。

「おじいちゃん。何してるの」亮太は元気がいい。

「亮太くんに会えるかなと思って、座ってたんだよ」と晴彦は返した。

亮太は、その返事には反応せず、幼稚園であったことを話し始めた。みおちゃんにほめられた、という話であった。

亮太は、

「ティッシュに袋をつけたよ。みおちゃんが、すごいねって。メッチャ、うれしい」と言う。

あとから来たあかりから話を聞くとこうだった。
遊戯室にティッシュボックスがあって、いつでも使える状態にしてある。
しかし、園児は使ったティッシュをそのボックスの近くに投げ捨ててしまう。
亮太が大好きなみおちゃんは、そのことが嫌いで、捨てる亮太はよく叱られている。
ゴミはそこに捨てないで、と。
そこで、亮太は考えた。
家に帰っても考えたようだ。
亮太は、しばらくして、ティッシュボックスにゴミ入れ用の袋をテープで取りつけた。
園児たちからは、何の反応もなかった。
しかし先生からは「よく考えたわね」とほめられた。
みんな、そのゴミ袋に使ったティッシュを入れるようになった。
みおちゃんから「すごーい。亮太が作ったの」とほめられた。
今日は、そのことで大喜びしているという話であった。

それを聞いた晴彦は
「亮太くん、すごいな。小さな発明家だね」と言った。亮太は、

「はつめいかって、なあに」と聞いてきた。

晴彦は、つられて言ってしまった。

「発明家っていうのは、みんなが喜ぶようなモノをつくるひとのことなんだよ。実はね、亮太くんのおじいちゃんも、いろいろなモノをよく作っていたんだ。みんな、喜んでいたよ。亮太くんも、亮太くんのおじいちゃんも発明家だね。すごいね」

と話をした。

おじいちゃんを知らない亮太がどのようにとらえたかは、わからない。


晴彦は、公園から帰るときに、亮太のことを思い出していた。先生からよりも、みおちゃんからほめられたことが、一番うれしいって言ってたなぁ。よくわかるなぁ。などと思いながら、ふと、ひろみにほめられた、ずいぶん遠い昔のことを重ねていた。


ティッシュボックスにゴミ袋を取りつける、亮太くんは、いいセンスをしている。よし、次の個人発明の会で発表してみよう。

晴彦は考えた。ゴミ袋をただ取りつけるのではなく、もう少し工夫をしたい。ティッシュボックスという単純なモノが対象だ。ゴミ収納機構のあるティッシュボックスは、まだ見たことがない。使用済のティッシュを入れるスペースのあるティッシュボックスだ、よし考えるぞ。見栄えも重要だ。

いくつかの形状を考え、試作品の製作に取りかかる。

取り付ける収納スペースの材料は、厚紙と形状を保持するための針金系だ。ハサミ、接着剤程度を使うことで、試作品は出来上がった。大きく分けて3パターンを作ってみた。

①ティッシュボックスに、ゴミ収納スペースを横付け合体させるタイプ。

②ティッシュボックスの六面のいずれかの面を引き出すことで、収納スペースが現れる引き出しタイプ。

③ティッシュのペーパーサイズを小さくし、そのことで出来た空間を収納スペースとするティッシュボックス内の分割タイプ。

いずれも実用に耐えられそうである。

それぞれの試作品を、個人発明の会で発表してみた。身近にあるモノを、単純に加工しただけであるため、会での評価には自信がなかった。ただし、参考意見が聞きたかった。

しかし評価は予想外だった。

着想がいいと言われた。三つのパターン、いずれも高評価だった。中には、作ろうと思ったキッカケについての質問もあったが、本当の理由は言えない。使い終わったティッシュペーパーは、ゴミ箱に向けて投げつけてもなかなか入らない、キッカケをこんな話としておいた。

多くの意見がもらえた。あれば便利なモノとなるが、普及させるには相当の努力が必要であること。知的財産の権利化が難しそうだということだ。その日の会では、晴彦の発表内容は、２番目の高評価を獲得した。

会終了後、風見から声をかけられた。

「三田村さん、おもしろいアイデア品ですね。発表の際にあったメッセージがすばらしいです。今ではいつでも手に入るティッシュ、これを大切にしていないのではないか、というメッセージです。もっと、ていねいに、大切に使わないといけません」と共感した点を話してくれた。そして、「私も帰ってから作ってみます」と言ってくれた。

晴彦からは、このアイデア品を本当に使ってもらいたいひとは、ひろみというひとであること、発明家の弦ちゃんの孫、亮太くんからアイデアをもらったことなどを話した。

風見からは、以前に聞いたことのあるひろみさんですね、などとの確認があり、晴彦の取り組みについても大げさにほめてくれた。

風見とは、アイデア品のこれからの扱いについても軽く打ち合わせをした。

特許と実用新案については、難しいであろうこと。

商標については、どうしても押さえたいネーミングがあれば考えましょうという程度だ。

意匠は、試作を繰り返し、この形状こそは権利として守りたいというものがあれば、申請を考えるとよいと。

晴彦は、知財のことも少し頭におき、考えをさらに深めることとした。権利化手続きへの挑戦をしたくなれば、また風見に連絡しよう。信頼できる弁理士を紹介してくれる。

また、権利化とは別に、ティッシュボックスを製造や販売をする会社に提案してはどうかと風見は言ってくれた。提案とはいっても、アイデア品の説明書類を作ることなど未経験の作業がある。晴彦は、少々難しいと思ったが、そのあたりについては風見が検討してくれることになった。

風見は別れ際に言った。

「弦ちゃんという方が幼馴染であって、亮太くんがそのお孫さん。ひろみさんとの出会い。思い出を大切にしていたのがよかったんですね。なかなか味わえないご経験ですよ。これは夢ではありません。三田村さん」

❖

姉が専門クリニックに通い始め、半年が過ぎた。晴彦は、ひろみに会いたいので、専門クリニックに行きたかったが、ひとりで行くのは不自然だ。車での送り迎えは、ほとんどを姉の家族で行なっている。暖かくなり始めた3月になって、晴彦から送迎を申し出てみた。姉の家族も、不思議がることなく「助かるわ」などと言ってくれた。

診療時間は、半年前にひろみが来ていた時間帯と重なるように調整してもらった。クリニックに到着し、すぐに待合室を見渡したが、ひろみは見当たらない。受付のひとに、理由を説明し、ひろみの診療日付などを聞くこともできる。しかし、個人情報の漏洩などが社会問題化していることを知っているだけに、聞くことはしない。

やがて、姉の診察時間が来た。前回同様の先生によるていねいでやさしい診断が始まった。姉の症状は、前回とほぼ同じであった。たまに出る痴呆症状は、よくなることもなく、ひどくなることもないということだった。少しホッとし、待合室に戻った。

晴彦の目に飛び込んできたのは、ひろみだった。前回と同様、車椅子に座り、やさしい笑顔をしていた。晴彦と目が合ったような気がしたが、ひろみに特段の反応はない。前回同様、つき添いは息子さんだった。晴彦は、姉の処方薬受取りと精算を待つ間に、息子さんに話しかけた。

「先日、お声がけしたものです。ひろみさんとは幼馴染の……」小さな声で話をした。

すぐに、思い出してくれた。

晴彦は、準備していた特製ティッシュボックスを取り出し、

「ひろみさんのティッシュ、使ったものを入れる収納つきを持ってきました。引き出し式のゴミ入れがついています」

簡単に使い方を説明した。そして続けた。

「私は、小さいころから何かを作って、ひろみさんに使ってもらっていました。……小さいころは、ひろみちゃんと言っていました。使ってくれると、本当にうれしかった。私は、今、個人発明の会などにも参加していまして、この作品は、その中で好評だったモノです。ぜひ、お使いください。……昔のように、ひろみちゃんが使ってくれると、本当にうれしいです」と言った。

息子さんにとっては唐突な話のため、いくらかの戸惑いがあった。しかし、晴彦の語り調子や、現物がティッシュという高価でないモノであることなどから、申し出に問題のないことを察し、

「ありがとうございます。しかし、本人にわかりますかね」

と答えてくれた。

「では、ひろみちゃんに渡しますね。私からでいいですか」

と晴彦は了解をもらい、ひろみに近づいた。そしてゆっくり話した。

「ひろみちゃん、わかりますか。晴彦ですよ。…………ちょっといいかな。そのティッシュを

………これに替えましょう。これ、晴彦が作ってきたんだよ。ここを引くと、箱がついているんだ。ここに、使ったティッシュを入れてくださいね」

と言いながら、ゆっくりとひろみの持っているティッシュボックスを引き取り、持ってきた特製ティッシュボックスに交換した。持ってきたのは、3パターンある中の②番目、引き出しタイプであった。

晴彦は、1枚のティッシュを取り出し、使った身振りをして、そのあと丸めて、箱の中に入れてみせた。

ひろみは、新しいティッシュボックスを少しさわり、しばらくするとゴミ箱の引き出し口に手を触れ、それを引き出した。そして、膝の上にあった数枚の使用済ティッシュを入れた。

そのティッシュボックスの動きに見入っていたひろみは、

「あら不思議。あら便利だわ」と言った。

息子さんも、ほっとして、次のようなことを言った。

「おやじは、早くなくなりました。もう15年くらい前になりますかね。それからの母はがんばり過ぎでした。今は、少しだけ痴呆になってしまったようです。少し休んでいるんでしょう」

ひろみは、話をしている息子から晴彦に視線を移し、そして言った。

「弦ちゃん。ありがとう」

姉を送り、晴彦は家に戻った。夕方だった。

つい、古いものが入っている箱を開けてみたくなった。押入れの奥にある。確か古いノートや手紙、写真が入っている。今まで、あまり開ける気が起きなかった。しかし、何か気分が違っていた。

何十年ぶりに開いた箱の中からは、小さな茶色のわら用紙が出てきた。自分で描いた、自分の将来の絵だ。眼鏡をかけている。口ひげを生やしている。ほうれい線が2本描かれている。なぜか右目が、晴彦に向かいウィンクしていた。

今日あったことを、幼少のころに描いた自分が、自分に対し喜んでくれている。


ひろみちゃんが、俺の手作り品で喜んでくれた。ありがとう、と言ってくれた。

そして——名前をまちがえてくれた。「はるひこ」ではなく、「弦ちゃん」と。

弦ちゃんの孫、亮太くんからヒントをもらったゴミ箱つきティッシュボックス。

あれは、確かに弦ちゃん一家製だ。あのフライパンセットも、弦ちゃん製だった。

ひろみちゃんは「弦ちゃん、ありがとう」と言ってくれた。夢ではない。

弦ちゃんも聞いていてくれるだろう。

なんとスッキリ、はれやかな気分だろう。生まれて初めてかもしれない。

第六話
開運753箸

凡発明品「開運753（なごみ）箸」

主な登場人物

古村隆治

広瀬理沙

花田一平・鈴木真美・〔息子〕瞬・石川敏也

風見　順

❖秋福村

ご結婚、おめでとうございます。カンパーイ。

秋福村の消防団長の発声で披露宴が始まった。新郎は古村隆治30歳、新婦の理沙も30歳。古村家と理沙側の広瀬家、両家の親族が列席している。それぞれの会社関係のひとや友人も多い。少し変わっているのは、秋福村の再建プロジェクト関係者が、両家からの共同ご招待者として参加していることである。


その関係者の中に、街から駆けつけたという5人のテーブルがあった。

いるのは、花田一平37歳、鈴木真美と息子の瞬、石川敏也と風見順が座っていた。一平と真美、石川の三人は、高校時代からの仲間である。

花田一平は、妻とひとり娘の３人暮らし。中堅の建設会社に勤務している。社会問題に昔から興味がある。建設業であれば、問題を解決できる可能性が高いとみて選んだのだ。たとえば、異常気象、高度ＩＴ社会、少子高齢化社会、環境、過疎化の問題など、いずれに対しても興味がわいてしまう。

最近は、無限の可能性を秘めた個人発明という世界にものめり込んでいる。大発明で、社会問題を解決できないか、なんて。

真美はバツいち、息子は瞬《しゅん》12歳。子連れで出席している。

真美は大学を出たのち、デザインの仕事についた。20代にいくつもの賞を獲得しているデザイナーだ。今はフリーとなり、日用雑貨を中心としたデザイン活動をしている。5年前に別れた夫もデザイナーだった。意見の食い違いが大きく広がり、埋め難くなったのが原因だ。

石川は、現在、私立大学の研究室にいる。助手の肩書きを持ち、独自の研究をずっと続けている。縄文遺跡の研究である。遺跡では、土器の破片やかろうじて残った木片などが数多く発見される。しかし、いったい何に使っていたのか、まったくわからないものもかなりある。用途不明の遺物が多いという事実は、あまりにも数が多いため、公になることは少ない。遺物は発見されたにもかかわらず、また埋もれてゆく。

石川はそこに注目し、遺物の用途を研究しているのである。時代を縄文にイメージシフトして用途を探る。縄文の生活をあきらかにするために、独自の見解を満載した論文をいくつも出している。しかし、学会ではまったく認められていない。石川は、評価できるひとがいない、といつも言っている。昔から変人であり、思考ポイントが普通とは少し違う。

真美と結婚しようかな、と考えている男だ。

この披露宴は、秋福村の公民館の一部を借りて行なっている。秋福村は、街から片道3時間程の距離にある村である。

❖

二年前の夏のことだった。

広瀬理沙は、友だちと居酒屋で食事をしていた。店のテレビからは、豪雨災害のニュースが流れている。最近は天候のニュースばかり。うんざりだね、などと話をしていたが、理沙は、被害を受けている地域が実家に近いことが気になった。

集中豪雨は都会でしばしば発生する。短時間に雨が集中し、大きな被害をもたらす。今、報道されている豪雨は、どうもこの都会の発生メカニズムとは異なるようだ。まず、誰も予測できていない。大型の低気圧などない。場所も山間の過疎地域。その地域の天気予報は普通の雨だった。しかし、その山間部の狭い範囲だけがゲリラ豪雨となった。

この豪雨は一日で過ぎていった。が、そのあとの爪あと、大きな山崩れが発見されたため、急遽、報道されている。24時間で1000ミリを超えたとのこと、記録的だ。テレビで放映されている映像は、ヘリからの山崩れ現場がある。大きな山崩れだ。

それに加え、遠方からの映像もある。かなり離れた観測所から撮影した雨雲だ。それがすごい。ドス黒い円柱状の雨雲、それが垂直に山に乗っかっている。雲全体は動かない。数時間も停滞しっぱなしとなっていたらしい。その雨雲の下は、確実に大雨の色合いとなっている。その映像では、大自然の荘厳さをも感じさせる。誰かが意思を持ち、あの場所を選び、あの巨大なシルクハットのような雲をかぶせたに違いない。そして雨で何かを洗い流した。

理沙は、翌日の朝、ネット情報を確認した。すると、えっ。実家がある村だと知った。

理沙は、高校卒業後、すぐに村を出た。どこの大学でもよかった。次女だった。村を出たかったのだ。秋福村での不自由はあまり記憶していない。わいわいとした元気な家庭も不満ではなかった。しかし、街の暮らしはどんなものかを体験してみたかった。

今は商事会社に入り、男性と少し張り合いながら営業職をこなしている。成績は下の上。街に住むことが実現したあと、最近、ようやく次の夢を持つようになった。結婚する夢ではない。ひとが幸せになる本物のビジネスを見つけるという夢だ。そして、その世界に転身しようと考えるようになった。今のところ、見つかってはいない。つき合っているひとは、今はいない。

早速、実家に電話してみた。スマホから黒電話へ。

「おかあさん？　大丈夫？　秋福がテレビに出ているけど」

「理沙かい。久しぶりだね。元気かい」

聞いていることに答えていない。大きな被害は出ていないということだろう。

「すごい雨、怖かったよ。お父さん、こんなとき出ていかなくてもいいのに、もう、本当に心配したのよ。夜遅く帰ってきたから、叩いてやったよ」

父親は広瀬良蔵、70歳。豪雨の中を出かけるとは。昔と一緒だ。元気ということだろう。母親は、ゆり。良蔵にも増して元気。

今回の災害状況をよく聞けば、山の一か所が大きく崩れたらしい。現場を見たひとがいないので、詳しい状況はわからないとのことだった。ただし、行方不明やけがをしたひとは、今のところゼロだそうだ。

「もうすぐお盆だけど、今年は帰ってくるの？」とゆりが聞いた。

「去年は帰ってないから、今年は帰るかも」としてスマホを切った。


秋福村は、三方を山に囲まれた村である。三方の山から水を集め、ひとつの大きな谷ができている。東側に向け、山を深くえぐりながら蛇行している谷である。その谷が広げた層状の土地に秋福村がある。

理沙はバスで秋福に向かっていた。谷を渡る最後の橋から、深い谷底が見えた。ゴツゴツした岩がゴロゴロ見える。水量も少し増えているかな。豪雨から2週間ほど経過しているため、水の透明度は戻っているようだ。

実家は、秋福村の赤岩というバス停から徒歩10分ほどにある。晴れた日だった。村には斜面が多い。実家のまわりの家も、実家より高いか低いかの土地にある。水平な位置の家はない。名が表すとおり、秋には福がやってくる、と実家でも言っていた。秋には祭りがある。以前は、けっこうな賑わいだったそうだ。祭りのメインは、奥の院と呼ばれる神社から男たちが神輿を担ぎ、村を練り歩くときだ。輿には、木の棒を持った武者装束の子どもを乗せる。めずらしい祭りとなっている。輿が近所を通りかかる時に、なぜか「わりっしょ、わりっしょ」と声をかけ、手をたたき続ける。

歩いていると、下の方から車が一台、すり抜けていった。消防団のようだ。火事でもあったのか。サイレンの音は聞こえない。

「ただいま」

「おっ。待ってだぞ。おっ。きれいになったな、娘ながら惚れてしまうわ。ハハ」

良蔵だ、色艶がいい。奥からゆりも出てきた。

「ああ、理沙かい、お帰り。えーっと、荷物はあそこに置いて。夕飯の用意をしているから、着替えたら手伝ってよ」と言い残して台所に行った。

「ひとりじゃなくて、誰か連れて帰ってこいよ。いいひと、いないのか。俺だったら惚れるのに。

ハハ」良蔵が、まだいた。

荷物を置いて着替えをし、夕食の準備を手伝う。以前と同じ。時間が経っていることをあまり感じない。理沙の姉は、結婚し、実家の近くに家を建てて住んでいる。子どもは3歳。まもなく2人めも生まれるとのこと。その姉と子どももいる。理沙は記憶にある世界にすぐに戻り、そして、変わらずわいわいと元気な家だこと、と思った。


高校時代、理沙には恋人がいた。古村隆治、同級生だ。明るく元気で、力があった。親同士のつき合いがあったせいか、小さいころから知っていた。同じ高校に入ってから、つき合うようになった。散歩をよくした。キスは、ぎこちなく、軽く2回したことがある。

理沙が村を出るときも、明るく、いつでも来いよいつでも、と何度も言っていた。やさしい笑顔をしていた。帰省したときには、隆治のことをおかあさんから聞いている。隆治は、ずっと仕事、結婚は忘れていた、と笑っているらしい。高校よりバカになっているようだ。


「こんばんは」

消防団のひとが良蔵を訪ねてきた。このお盆の夜に何の用なのか。

「先日はケガがなくてよかったです。向かった道は、土砂崩れの方向だったので、心配していました。もう、ひとりで行くのは止めてくださいね。役場のひとも言っていました、ひとりも被害がなかったのは奇跡だって」と消防団のひとが言う。

このあたりは、公的な消防署はなく、村人で構成された自警消防団で、消火や見回り、災害時の予防復旧などをしている。今回は、土砂崩れ現場の復旧をしていた。

「あんなに大きくえぐられているとは思っていませんでした。ようやく、今日、通れる道ができました」と良蔵に説明をしている。

理沙も聞いていた。消防団の顔ぶれを何気なく見渡した。あれっ。説明しているひとの横にいるのは、隆治じゃない。さらに逞《たくま》しくなっている。腕が太い。

消防団のひとの説明は続く。

「奥の院は、きれいに全部流されました。明日から、奥の院のものを探します。谷が胃袋のようにバッと広くなったところがありますよね。崩れた土砂が、ちょうど、そのあたりの谷にはまり込んでいました。奥の院もろとも、そのあたりまで持っていかれたようです」

良蔵は、表情をこわばらせた。神社が流されたことはただ事ではない。お社や鳥居はどうなったことか。村に被害が出なかったのは、崩れた土砂が谷にはまり込んだためか。などと独り言を言い、しばらく黙り、それから、村に伝わる神社の話をし始めた。

大昔、明るく元気な一族がいた。いつもにぎやかに、和気あいあいと楽しく生活をしていた。その一族が移動せざるを得ない状況になった。彼らはどこに行っても、それぞれの土地のひとたちと仲良くし、また、たとえ仮住まいの土地であっても原野を開拓してゆくという、たくましいひとたちだった。

その一族がこの谷にやってきた。そのころ、ここは、ひとの手が入っていない山林原野だった。その一族は、まず、山の木々、立派で見事な木々に語りかけていった。橋になってほしい、家になってほしいなどと。それから伐採をしていった。木からの願いも聞けるひとたちだったらしい。木から、このままにしておいてくれ、と聞けば、それを守る。やがて、手入れの行き届いたすばらしい山林となっていった。秋には豊かな食べ物がどっさり採れる、安心して生活できる村となったわけだ。

あるとき、その豊かさを目当てに、賊が襲ってきた。秋だった。

ひとびとは、谷の奥深くまで追い詰められてしまった。その時、突然大きな音が現れた。その音が、木々に響き渡った。すると、木の幹が次々と割れ、中から剣が現れた。人々は、その剣を使い、賊を追い払ったという。剣は、いつの間にか、きれいに消え去ってしまった。割れた木には、何かの文字が残っていた。

その割れた木のひとつを御神体としてお祀りしたのが、奥の院となる。

この村を、秋の福、としたのもそれ以来だそうだ。神社が創られたあと、毎年、秋には境内に村人全員が集まりお礼をする。その時には割り箸で食事する。割り箸の割れ方などで占いを行ない、村の行動を決めていたらしい。そして、わいわいと楽しいお祭りをした。

創建したころは、たぶん、おおぜい集まれるだけの広さが境内にはあったんだろう。長い年月が経ち、山から少しずつ土砂や岩が転がり落ち、境内が狭くなっていったのか。だから、今のお祭りは、境内ではできないため、坂を下り、村をまわるようになっている。

と、良蔵は言った。

消防団のひとたちは、

そんな話があったのか。木が割れた？　御神体の木？　などとささやいたあと、

「崩れた斜面にめずらしい形ができています。三段状のひな壇のような形です。あしたも晴れるでしょうから、一緒に見にいきましょう。7時に来ます」

消防団から良蔵へのお誘いであった。

翌日、朝ごはんのときに消防団が迎えに来た。隆治はいない。良蔵が出かけた。

理沙は、午前中、村を散歩することにした。うしろから誰かが来た。隆治だ。

「理沙……久しぶり。元気か。俺はボチボチや」

「お久しぶり、隆治。５年振りやン、私がバス停で待っとったあの日、あのとき以来やね」

「昨日見たよ。歩いているとこ。夜も見た」

通過していった車に隆治が乗っていたんだ、と理沙は思った。

続いて隆治は言った。

「理沙が近づくと、俺はすぐわかる。右目の奥あたりがピクピクするんやな。テレパシーかな、以心伝心かな。阿吽の呼吸やな」

知っている限りを言っている、高校よりバカになったんじゃない。でも少し当たっているなどと理沙は思った。理沙は、土砂崩れのことを聞いてみた。隆治は、

「良蔵さんがいないと決めごとが進まんのや。村のこと、よう知っとるから」

などと説明した。理沙は、お父さんはもう70歳、誰か替わりになるひとはいないの？　なんて思いながら聞いていた。

理沙は、隆治の働いている会社を見る約束をして、そのまま別れた。帰るのは明日。２泊３日コースのため、明日は、隆治の職場を見た足で帰ることにしている。

翌日昼過ぎ2時、隆治が理沙を迎えにいった。軽トラだ。職場まで乗ってゆく。理沙は、初めて隆治が運転する車に乗った。向かう先は古村木工だ。

車の中、隆治がいろいろと説明をした。

会社は古村という字がついているが、隆治の家とは関係がなく、別の古村さんが作った会社であること。隆治の父親の重隆が勤め始め、やがて社長になったこと。これも縁と言っていること。隆治本人は木材が好きで、木の収集やら加工やら、たまには伐採の仕事もやっていること、年輪には味があること、などである。

隆治は本当によく話す。理沙のことはほとんど聞かない。昨日、元気かと聞いただけだ。

古村木工に到着した。休日だから誰もいない。

多くの木が並んでいる。整然と並べられていたり、削っている最中の木材もあったりする。広々とした敷地内に、大型の機械や建物がいくつか並んでいた。

入口の近くには、何かを待ち構えているように大きな場所がとってあった。

「このスペース、何か造るの？」理沙は質問した。

「このあいだの土砂崩れで、倒れた木とか折れた木とか、いっぱいある。ここは、それを集める場所や。あしたから、ものすごく入ってくるわ。場所が足りんと思っとるくらいや。山の木もメチャメチャになっとるんや。なぐさめるのが大変や、なんてな」

理沙は、木をなぐさめる？　隆治は本当に木が好きなんだと思った。

「バス停まで送ってくよ。最終は4時10分。平日休日関係なしのバス時間や。理沙は、新しいビジネスをしたいんだろ。見つかったか？　見つかってないなら、俺とビジネスしようや」

理沙が話してないビジネス探しのことを知っている。理沙は母親だなと思った。

「何か、いいアイデアでもあるの？」と理沙は聞いてみた。

「アイデアだらけ。どこからでもアイデアは出る出る、木が教えてくれる。出るわ出るわ」

ひと息おいて
「秋福をなんとかせなあかんのや。……木の可能性はすごいんや……。日本には、同じように困っとる村がようさんあるしな」

隆治らしくない。真剣で迫力ある言葉だった。

バス停に到着した。

「今度、隆治の新ビジネスとやらを聞かせてよ。秋福村に戻りたくなるようなことを期待しているわ。ただし、私の眼は厳しいよ」

「あいよっ。理沙は俺の右目の奥にピピッ。では、また」

プ・プッーと鳴らし、隆治の軽トラは離れていった。

理沙が秋福村に戻りたくなる、戻る。この言葉がキッカケとなり隆治が動き、やがて多くのひとたちが動くことになる。

❖

理沙が高校を卒業し、村から離れて、もう10年以上が経つ。その間に、村は目に見えるように大きく変わった。

ひとつは、過疎化プラス少子高齢化だ。

２００軒ほどの家屋があり、昭和の時代はそれなりににぎやかであった。平均３人ほどいた子どもも、大きくなると、大半が村を出ていった。年寄りだけの家も多い。ひとり住まいの老人宅も。ひとが少なくなればなるほど、さまざまなサービス体制が薄くなる。衣食住や医療などで困ることも多くなってきた。

若い夫婦はみるみる数が少なくなり、子どもの歓声も聞くことが少ない。消防団も、対象年齢の男が少なくなり、ギリギリで成り立っている状態だ。

村の産業衰退もはなはだしい。

生産的な産業は、木材と紡績である。一部、石の切り出しもしていたようだが、今はしていない。紡績は、内職をベースにした工場がいくつかあったが、今はかなり縮小している。

木材加工は、数社が残っているものの、いずれも廃業間近の状態である。まず、材木の切り出しに費用がかかり過ぎる。山には多くの木があるが、切り出しにかかる人件費と販売価格が合わない。さらに林道整備も必要だが費用がかかる。今では使わなくなった林道も多い。けもの道に変わっている。

隆治の勤める古村木工は、村の最大手だ。しかし、十数人の従業員を抱えることで精一杯である。全盛期の三分の一程の所帯に縮小だ。従業員の平均年齢もずいぶんと高くなり、今では50代半ばとなっている。新しい機械設備を購入しなければ、競争にも残ってゆけないことは承知しているが、投資額の採算がとれない。

この村にも新しい動きが押し寄せてきている。

ひとつはダム建設。村の下に作るという計画だ。谷が狭くなっているところに大きなダムを作る。村の半分以上がダム湖に沈んでしまう。家屋の移転などはすべて補償されるという話だ。しかし、ダム建設による期待効果が他のダムよりも少ないとのことで、現在では、その話は中断されている。

もう一つが、大手ディベロッパーの動きである。村は山に囲まれていることもあり、星がすばらしくきれいに見える。それを目玉とし、村を再開発しようといった話だ。大型宿泊設備をいくつも作り、村人はその中で働くことができる。村に大規模な老人ホームなどを提供する。次世代型観光村に変貌させるという計画だ。

これには賛成者も多かったが、良蔵以下が大反対をし、現在は、大手ディベロッパーの経営環境が厳しいこともあり、話は進んでいない。

秋福村の明るい将来は、ほとんど見えていない。この自然あふれる環境のままでいいという住人は多いが、積極的な新しい動きは出ていない。

隆治は、秋福村の将来がずっと気になっていた。理沙が離れたあとは、仕事で忙しく振る舞い、なるべく考えないようにした時期もある。しかし、村を明るくする行動のキッカケを作りたく、ここ数年はいろいろな情報を集めている。

秋福村の中で、将来を考えていそうなひとと話をしてみる。近隣の村に行き、実状を直接に確かめる。役場に向かい将来的な不安を共有する。より広い視野も必要と思い、ネットでの情報収集をする。などである。

ダム建設や開発ディベロッパーの説明会や会合には、極力参加している。意見をいう立場ではないが、思わず、

「秋福村のひとのことを、本当に考えているのか」などと激高することもあった。

隆治は、秋福村の将来に向かう具体策を作りたかった。そう思っている時期の豪雨と土砂崩れ

だった。

災害のときは隆治も動いた。当日は、被害者が出ているのかの聞き取りである。ほとんどのひとが家に待機していたため、確認は早かった。

崩れた山の範囲は広く、崩れた土砂は膨大な量だ。地形を変えるほどだ。谷も埋めてしまう。さらに大雨による水かさが半端ではない。村側にあふれている箇所も多い。季節は七月末。いくらひとが減ったとはいえ、山に入るひとは多い。

その中、災害死亡者ゼロ、けが人ゼロ。奇跡が起きていた。

隆治は、多くのひとからその時の話を聞いた。生死のきわどかったひとが多すぎる。そのすべてのひとが、不思議と助かる道への判断をしていたり、偶然が幸いとなっていたりする。たとえば、帰る時間が間一髪とか、たまたまウサギを追って向かった方向がよかったとか。隆治は、それらの話を聞くたびに、秋福村の将来が守られたような気がした。

隆治は、多くの秋福村のひと、役場のひとや消防団員などと活動を共にしていた。

ほとんどのひとは、この災害で大きなショックを受けていた。また、それぞれの家庭でも後ろ向きな話をしているようだ。

奥の院が流されたということは、秋福村も、そろそろ終わりかもしれないひとも減るし、山の中だし、そろそろ街に移ろうか――。さみしくなるような話ばかりである。当然といえば当然だが、復興させようという意見は、ほとんど聞こえてこなかった。

❖

やがて、被災後、初の秋がくる。

村の中では、一部のひとが村祭りをどうするか、打ち合わせをしていた。

隆治は、被災者ゼロという奇跡はいいことが起こる前兆だ。まずは村祭りを行なわないといけないと思っていた。

祭りには神具を使う。その他に多くの祭り道具が必要となる。奥の院と共に、神具や祭り道具はほとんどなくなった。災害後に、流された土砂の中から、ひとつだけ見つかったものがある。

祭りのときに武者装束の子どもが持つ、あの木の棒だ。隆治も見て触ったこともあるが、何の木なのかわからない。特殊な環境で育った木であろう。長さが60センチほどの木であり、先に少し切込みがある。この木を割けばすばらしいことが起きる、と伝わっているが、誰も割けない。そんな木である。

土砂の中、その木が直立していたそうだ。まるで、ここにいるぞ、見つけてくれと。隆治は、なんとしても祭りは続けるべきだと主張していた。賛同者の少ない中、理沙の親、良蔵やゆりなどの応援が強くあり、形だけではあるが、村祭りを行なうことになった。

奥の院から出す神輿のない、さみしい祭りになった。しかし、木の棒を持つ男の子が、それを元気に振りまわすと、見に来てくれた人々から拍手が沸いた。秋福村を本当に好きなひとが、まだまだおおぜいいるのだ。

❖三人組

鈴木真美に風変りなデザイン話が飛び込んだのは、昨年の秋だった。

普通は、対象となる製品ジャンルが指定されるが、今回の場合、指定されたのは素材だけである。依頼者は製材屋、素材は木材だ。

デザイナーで構成する会では、デザイナー紹介サイトを運営している。問い合わせがあれば、該当するデザイナーに連絡が入る。真美は、得意分野を日用雑貨としている。そのため、木材ベースで日用雑貨品をデザインしてほしい、という話だろうと思った。

依頼者は秋福村の古村隆治となっている。まずは、真美の事務所で話を聞くことにした。

「古村です。よろしくお願いします」と大きな声だ。

話はこうであった。

最近の山林は手入れがされておらず、資源管理上も、災害予防の観点からも大きな問題となっている。先日、村が豪雨被災した。そこで考えた。この機会に、これからの山林、山村のあり方、これをデザインできないか。

森林資源管理や土木建設の専門家を当たったが、彼らからの返答は、「同様の課題を持った山村は多い。山林以外の特徴はあるのか。予算は準備できているか」という程度であり、それ以上の相談となると、有料の範囲だという。それで、相談を一旦やめた。

ネットで、「デザイナーいます」が目に留まった。依頼内容として少し外れているとも思ったが、鈴木さんの紹介欄に「素材に語りかけ、デザインします」とあったのを見た。

秋福村での言い伝えに、木に語りかける、というフレーズがあるので、紹介サイトに逆指名をした。

ということだ。

真美にとって指名はうれしいが、つかみどころのない話のため、

「私は、日用雑貨品のデザイナーですので、お役に立てますか……」と、断ろうと考えていた。

しかし、隆治から半ば強引に、とりあえず秋福村に来てほしいと言われ、了解をしてしまった。

その週の金曜は、真美と一平、石川の三人で会うことになっていた。年に3～4回は会っているだろうか。

「今度、秋福村というところに行ってくるわ。山林、山村のあり方をデザインしてくれって言われたのよ」

真美が切り出し、吉村隆治からの依頼内容を話した。

「山林、山村のあり方をデザイン、おもしろそうだなぁ。俺も行こうかな」

一平の反応だ。一平は、社会問題が大好物なのだ。その匂いを嗅ぎつけた。

「皆目、見当がつかないわ。何をしてほしいのか」

この真美の言葉に対し、一平は言った。

「真美から聞いた隆治というひと、騙すような男じゃなさそうだ。実際に見てもらわないとわからないというから、まず来てほしいってか」

少し考え、そして続けた。

「山林、山村のザデインだろ。山道をどうする、村のレイアイトがどうとか、そんなケチな話じゃないようだな。たとえば、空からの見栄えをすばらしくするとか、ＩＴ技術で３Ｄ空間に山村を取り込むとか、山を髪の毛に見立てた散髪もいい。山林、山村全体を美術空間にするのもありそうだな。いずれにせよ、客観的にアドバイスしてくれるひとを選んだということだ。デザイナー真美の直感が欲しいんだよ、たぶん」

一平は、昔から総合的に観ることが得意だ。

「太古の昔から、山にはカミがいる。そのカミとのコラボがしたい。こんなすてきな話かもしれないよ」

石川が言った。考古学の研究者だけのことはある。縄文人の思考パターンが頭から離れていない。土器を並べたカミへの儀式なんかが頭に浮かんでいるに違いない。

❖

真美は、翌々週に都合をつけ、秋福村に向かった。

早朝に出て深夜に帰ってくる強行軍だ。息子の瞬《しゅん》は12歳だ。留守番は大丈夫のはず。秋福村には、一平がつき合ってくれた。彼の会社は、適当に融通がきくそうだ。

村のバス停に10時過ぎに到着した。古村隆治が待っていてくれた。あいさつを済ますと、見てもらいたいという現場に向かうことにした。

30分ほど、曲がった山道・谷道を走る。深い谷の下には、川がある。かなりの水量がありそうだ。谷の左右の斜面には、びっしりと木が生えている。杉林もあるが、山頂あたりや奥深い場所などには、ひとの入っていないような自然林も多く残っている。やがて景色が一変した。一番高い山の一面が大きく崩れている。岩や土がむき出しの状態になっている。岩は全体としては灰色に見えるが、いろいろな色も混じっている。中腹より下には赤い岩が多い。ダイタラボッチが現れて、ゴッソリと山をえぐった跡のように見えた。

土砂崩れした部分と残った部分の境、キワある木々は、連なって倒れていたり、ありえない角度に傾いていたりする。かろうじて根だけが斜面に食い下がり、落ちずに持ちこたえている木もある。

隆治が説明をしてくれた。

「着きました。この山の一角が、この夏の豪雨で崩れたんです。私は消防団でした。何が起こったかわからず、動きまわりました。翌日の朝は眠かった。ちょうどテレビ局が来ていました。私は映りました。初出演でしたが、セリフはありません。テレビ撮影の連中は――」

真美は、被災した時の話も大切だが、まずここに連れてきた目的を聞きたかった。

「現場を見ながら依頼内容を説明する、とのことで来ましたので、そろそろ説明いただけませんか」

隆治は、地面に刺さっていた太い木の枝を抜きながら、「あっ、わかりました」として説明してくれた。

崩れたところを指差し、「一番高い山が見えます。あの山は、ふたコブでした。ひとつめのコブはそのまま残っています。低い位置にあったふたコブめが、すべて崩れてしまいました。ひな壇みたいに三段になってるでしょ。ふたコブめが崩れたあとに現れたのです。きれいなひな壇です」

崩れたところは、確かに三段になっている。ちょうど、段々畑や棚田が三段状になっているようで、各段ともかなりの広さがある。いずれの段にも、家が数軒は建てられるほどの広さだ。隆治は続けて言った。

「一番上のひな壇、その先っぽあたりに奥の院という神社があったんです。それがきれいになくなりました。跡形もありません。既に、神社を復興する話は出ています。私は、この災難を転じさせて福を呼びたい、今いろいろと起きている村の問題を解決したいと思ってるんです。チャンスにしたいと思っているんです。……しかし、どうしていいものか。三段ひな壇を見るたび、チャンスだよと言ってくれている気がします。何か村起こしになることをしたいんです」

真美は思った。山崩れ現場のデザイン？　相手が違うんじゃないの？……と。

「えぇーと。私は日用雑貨品のデザインをしていまして――」と言い始めたが、少し小さな声だったため、歩き始めた隆治には届かず、次の現場に向かうことになった。

しばらく車で走り、古村木工と書いてあるところに来た。

「着きました。私の勤めている会社です」

広い敷地には、整然とした一角と、雑然としているスペースが混在していた。置いてあるものは、丸太のままの木、製材途中らしい材木、製材したあとの製品群、その他端材などである。折れた枝や木くずも多い、それらは幾山にも積んである。根っこのかたまりもある。岩や石も置いてある。使い古した車やフォークリフトが置いてあるが、いつも活動をしている空気感ではない。

ここで昼となっていたので、事務所でお弁当とお茶を出してもらった。

「しばらくしたら、また来ます。ゆっくり食べてください」隆治は別の部屋に行った。

おにぎりのお弁当だ。旬の山菜もいっぱい入っている。天ぷらもあった。

いただきます。うー、おいしい！

真美は、秋の福の村に来てよかった、と思った。

昼食後、隆治が話を始めた。

「見てもらったように、木はいっぱいあります。これは使いたいだけ使えます。また、三段ひな壇もさら地です。いかようにもデザインできます。新しい何かを起こしたいんです。この村の新しい事業をしたいんです。この村の実状に最も合った、村の活性化アイデアを探しています。ご協力をお願いしたいということです」

この隆治というひとは、議員でも役人さんでもない。しかし、なぜこんなに力を入れたいのか、真美は少し首をかしげてしまう。そのあと、隆治から古村木工の実態などの話を聞いた。厳しい現実の話だった。

そして、ここまで来たまったく逆のコースをたどり、帰りのバス停に向かった。

その車の中で、真美は、村全体の問題やひとの年齢構成、山林事業の状況などを聞いてみた。隆治は、質問への回答に加え、神社に伝わる話、お祭りのことなども話してくれた。

別れ際に隆治が言った。

「もうひとつの条件があるんです。新規ビジネスについてですが、厳しい眼を持った審査員がいるのです。その審査を、どうしても通過させたいのです。それが依頼の条件です」

真美たちは、帰路についた。

帰りの電車の中、一平が次のようにまとめた。

「木という材料がふんだんにあって、それで何をしてもいい。村の活性化を含め――。おもしろいな。こんな依頼はなかなかないし、またあっても俺たちにはまわってこないだろう。これはチャンスだよ。石川が言ってた山のカミの導きかもしれない」

❖

一週間後、また３人組で会った。

「俺は建設業だから、建設で使う木材はよくわかる。今回は神社再建の事業でもある。そのあたりについては、今、会社でいろいろ調べているんだ」一平は言った。

「私は、村を活性化させるために、木でどんな製品を作るといいのかを考えているわ。日本には、同じような課題を持つ自治体が多い。それぞれにいろいろな工夫をしていると思うの。実際の活動として多いのは、木材加工製品を大量に作って特産品にすること。おしゃれでユニークな家具を作ること。木で作る芸術村にすること――」

真美はひと息入れて、そして続けた。

「驚くようなアイデアは、最近はあまり見かけない。以前だったら、四国での葉っぱビジネスがあったわよね。山村のおばあちゃんたちに葉っぱを集めてもらう。それを高級料亭に卸すビジネスよ。大成功したわ。これなんかは高齢者の活性化を兼ねた、よい例よ」

真美は、また、考えてきたことも話した。

「私は、がけ崩れの現場を見たとき、なんかさっぱりしているというか、一種のいさぎよさを感じたわ。それと、あのいっぱいの木。あの木々も、どうにでもしてちょうだいと言っているように感じるの。何というか、あの村はさっぱりしているわ。そこで考えたの。木は何をしてもらいたいのかな。本当にいろいろな大きさの木、形、色の木がある――」

木の気持ちがわかるような言い方だ。そして続けた。

「そう、ひとも同じよ。ひとそれぞれで人格や性質が違う。木とひと、さまざまなモノ同士だわ。私は、そんな木とひとをマッチングさせるのはどうかと思ったのよ。多くのひとに、多くの木を見てもらい、自分に合った木を選ぶ。そこまででも十分よ。自由に触って、感触をあじわってもらえば。さらに、ひとによっては、選んだ木を何かに加工してもいいわ。加工品は、持ち帰ってもらってもいいし、作ったものを村に置いていってもいい。そんな感じ」

一平は答えた。

「村に行ったときのさっぱりしている感覚、それは俺も感じたなぁ。でも、神社が流されて、少し重い空気感もあった。出会うひとは多くはないが、顔は下向き加減だったような。ここが気になったよ。ひとと木のマッチングはおもしろいと思うよ、方向性はね」

石川が、少し参加してきた。

「さっぱり感のある村か――。村に伝わる話では、危機に陥ったときに木から現れた刀に守られた。今回の依頼の話、神社の再建話でもある。これらは、いずれも木を抜きにしてはうまくいかない。さっぱりした感覚は、木が出しているのかもしれないよ。俺も行ってみたくなった」

再度、村を訪問することにした。段取り役は一平だ。

訪問までに、それぞれで具体的な案を作ってくるように、という宿題をつけた。

❖構想

村を再訪する前、一平は、風見に合いたくなった。

一平は、個人発明研究会という会で三年前に風見と知り合う。モノの発明に対し、一味違う意見を出しているのを見かけ、一平から声をかけた。それ以来の知り合いである。歳は40という。一平より少し上だ。世の中の問題に対し、解決支援をしているようだ。つき合うようになり、一平の問題意識も一段と上がったのは事実である。そのため、一平としては、兄貴分というより師匠と思っている。

一平は、今回の秋福村からの依頼の件について、経緯から現時点の考えまでを風見に説明した。

再訪に際し、風見の意見を聞いておきたかった。

風見は概略を聞き終わると、質問することもなく言った。

「今回の話は、さまざまなことが折り重なり合っていますね。空間的にも時間的にも。この話を進めていく上で、いろいろなことが発生するはずです。たとえ小さなこと、些細なことでも、注意しておく必要がありますよ。

伝わる神社創建の話。木が割れて現れた刀。また、その神社が立っていた場所がゴッソリ流されたという事実。被害者は奇跡的になかったということ。三段状にできたひな壇。これらは、いずれも大切な要素となるはずです。

また、最も頭に置くべきことは、一平さんの仲間に依頼が回ってきたことだと思いますよ。この意味をしっかりとらえ、ていねいに対応することです。私が思うに、思い浮かんだことは、一気に推し進めることです。悪いことは起こらない。やがて自然と先が見えてくるはず」

占い師のような意見をくれた。そして、風見は最後に、

「一平さん、話をしてくれてありがとう。興味がある話です。続きを楽しみにしていますよ」

と言ってくれた。

先は長い。しっかり進めろということだ。

❖

二度めも強行軍とした。秋が深まった時期であった。

前回同様、10時過ぎに村のバス停に到着した。時間に正確なバス運行だと一平は思った。今回は、真美と一平、石川の３人組だ。瞬はまたしてもお留守番となっている。

迎えてくれた隆治も、三人が来てくれたことを喜んだ。

「ありがとうございます。石川さんですか、初めまして。うれしいです、よくお越しくださいました」

前回と同じコースをまわったあと、隆治の会社で昼食となった。今日は、炊き込みごはん。ジビエ料理も入っている。いやぁうまい。夜であれば、おいしい酒も飲めるのに、と一平は思いながら食べた。

「腹がふくれると、眠くもなるが、柔らかなアイデアも出る時間ですよね。僕も、いろんなことを考えてきました。ローテクのアイデアばかりですが」

隆治の大きな声だ。アイデア好きのようだ。

「では、少し考えてきたことをお話ししますね」

真美が説明に入った。向かう途中、３人が考えた具体案、即ち宿題の調整はしてある。

「要するに、村にはすばらしい木が、数多くある。さまざまな種類・形・大きさ――」

ひとと木のマッチング、このコンセプトを説明した。

そのうえで、村に来てもらいたいひとを区分けした。

⑴新たに村に移り住むひと　⑵村に別荘を持つひと　⑶リゾートで来るひと
また、村のひとは、木材の加工を手助けする。できあがった木の製作物は、そのひとのものとして、個人利用してもらって構わない。そうでない場合には、村に展示場所などを作り、そこに置いてもらってもいい。

一平が説明を続けた。

「多くのひとに村に来てもらい、木と楽しんでもらう。この一点で、抱えている問題解決に挑戦します。この単純さで、実際に成功している事例は聞いたことがありません」

隆治は眼をつむって聞いていた。ただ木を楽しんでもらうだけ、感じるものがあったようだ。しばらく経過したあと、

「真美チームからのご意見、ありがとうございます。私もその方向で考えを進めてみます。何か、さっぱりした」と言ってくれた。

アイデアの多い隆治であれば、似たことも考えていたはず。普通は、私も考えていましたなどと言うものだが、隆治はかぶせてこない。

その後、隆治は会社の敷地内をじっくりと案内した。

「これが製材工場です。大きな丸太加工から、木板に加工する機械まで、いずれも年季の入った機械ばかりです」などと。

作業をしているひとたちも、明るくあいさつをしてくれる。製材音は大きいが、隆治の説明は、なぜか音になじんでいる。

石川が質問した。「あの建物は何ですか？」

今は使っていない機械、会社の中で最も薄い板に加工する機械があるらしい。行ってみた。割り箸を製造する機械だったという。今は使っていない。

「割り箸ですか……」

石川が言った。そして止まっている。ちょうど、窓から差し込む光が石川に当たっていた。

❖

隆治が３人を送ってくれる中、一平が言った。

「突然ですが、俺は村にしばらく残ります。どこかで泊まれますかね」

話を聞いてみれば、残る理由はこうだ。一平らしい覚悟が見えた。

いくらアイデアや作戦を練っても、ポイントは秋福村のひとたちの意識である。そのひとたちを知らないまま、行動を起こすことはできない。ダムや再開発の連中と同じになってしまうことは明らか。

そこで、おれ一平は考えた。

隆治さんと、再度、秋福村のひと達と話をしてみる。そして、次を考える。一平は、一週間分の有給休暇を会社に提出済だった。


一平は、隆治の家にお世話になった。その夜、隆治と話をした。

「今回の話、何をするにも雰囲気が盛り上がらないと失敗します。盛り上がるベースというか、可能性は、今の秋福村にありますか」

ストレートな質問だ。隆治は答えた。

「この間、災害後の秋祭りをしたんです。形だけでしたが、多くの応援がありましたよ。それに被災者ゼロという奇跡もあるんです。それをみんな、知っています。秋福村には潜在的なパワーが秘められていると思っています」

一平は、風見の言葉を思い出していた。行なうのは一気に、だ。

純粋に思っていることを隆治に言った。

「秋福村のひとに、大いに協力をしてもらいましょう。そもそも、秋福村は村のひとたちのもので、外からの来訪者のことを考えるのは、その次です。しかし、協力してもらうには、いくつかの条件があると考えています。いや、あります」

と一平は言い、隆治の顔色を見て、大丈夫とふんで、次のように言った。

「まず、うしろ向きな言葉は出さないことです。これをルール化しませんか。村の状況や家庭で、今までよく言われている過疎化や高齢化のことです。また、今回の災害のことなど、うしろ向き、マイナスになる言葉はいくらでも言えます。

うしろ向きは言わないという宣言が必要です。秋福村を再建するには、まず村のひとに意識を変えてもらう、いや、もともとの意識に戻ってもらうということです。いかがですかね。隆治さん」

隆治は驚いた。一平はアイデア好きとは聞いていたが、モノのアイデアではなく、意識を変えろと来た。

しかし、言われてみればその通りだ。言霊《ことだま》ということも知っている。

隆治は感心し、次のように返した。

「その通りかもしれません。よくわかりました。明日からその方向で、そのルールの普及活動をしてみましょう。

その時、ひとによっては命令や制限がされるような気持ちにもなります。それで、そのアイデアに加え、もっと自由に行動することを足すのはどうでしょうか。流された神社のまわりや山の中へ、今までにも増してどんどん出て行こう、と。

前から少し考えていました。そのひとなりの体力や時間に合わせて、自由に行動をしてもらうんです。三段ひな壇や山に行って、好きなことをしてもらう――」

一平は、同じようなことを言おうとしていたため、隆治はひとの心が読めるのかとも感じた。

そして、次のように言った。

「村にはひとが少なくなった？　いや、大勢の方がいますよ。年齢が高い？　いや、若いと思えば若いんです。元気なひとが多い。小さな行動でも、積み重なれば、すごい成果になるはずです。村に活力がない、元気がないなどと言われるのは、もうたくさんでしょう。この秋福村で、まず前向き言葉を意識して、そして山のため、木のため、神社のために、動けるだけ動いてもらいましょう。当然、無償で。

それらを理解してもらうこと、これが当面の行なうことですか、ね」

一平と隆治は、その後、少し酒を飲み、

「明日から行なう活動は、意識改革とか、意識変更などという単語ではない。意識を元に戻す、秋福村のひと、本来の姿に戻す行動だ。秋福村の元気復活だ」
などと騒ぎ、そして眠った。いい夢が見られる。

❖

翌日から、一平と隆治は、前日のいわゆる「秋福村の元気復活活動」に移った。
一平は、だいたい次のような手順で進めた。
まず、会った方の今の状況を聞く。否定的な単語が必ず出る。話を聞き終えたあと、それを解決する方法は、まず、あなたの発言からであると言い切る。そして、山・木・神社へ向かい、好きなことをしてもらうお誘いをする。
２～３日経つと、初めて会う人の話にも、少し変化が現れてきた。否定的な言葉が少なくなってきているようだ。少しずつうわさになっているのだろう、うわさとは、
先日から、少し変わったひとたちが来ているらしい
秋福村をよくしたいと思っているらしい
意識を元に戻す、村も変わる、元気復活するらしい

隆治も張り切ってくれた。今までのお金を使う対策ではない。ずいぶん違う行動だ。

しかし、役場に行っても消防団でも、受けはまんざらではない。というより賛成者が多い多い。

隆治も驚いてしまった。

一週間後に一平は帰った。隆治は、村を元に戻す行動を続けた。そして、少しずつ、秋福村に元気が戻ってきた。

❖

一平は、今回の件、より大所高所からのまとめ役が必要だと感じていた。

それを風見と決め、2回めの報告を兼ねて風見を訪問した。まとめ役は快諾してもらえた。

そして、風見からは、

「今回はお話し、何を行なうにも現地が第一。私も是非とも空気感を味わっておきたいのです。秋福村の元気復活活動は、皆さんにお任せすればいいのですが、何というか……頼れないというわけではありませんが……。何というか、私の経験もつけたいというか、その雰囲気を味わってみたいというか……」

と。風見にしては、何とも歯切れの悪い言い方である。一平も秋福村に元気が戻ってきたのか、確かめてみたかった。そしてまた、一平は、真美や石川と風見が会う機会も作っていった。

真美と会うときには、瞬君にも会いたいと風見から申し出があったため、真美の事務所で会った。話をしたのち、風見は言った。

「真美さんはすばらしいデザイナーです。人気のある理由がわかりました。素材そのものから声を聴くという姿勢、今回の件についても、それを活かしたデザインを入れるといいと思います。また、すばらしい助手がいますね。瞬くんの感覚を大切にするといいような予感がします」

石川とも会ってもらった。風見は、今回の件というより、縄文の話を多く聞いていた。

破片だと思われるモノでも、完成品である場合がある。また用途不明の遺物が多い。その用途を解明する際には、その場所に行き、その場の感覚を大切にしている、古代のカミからの言葉が聞ける、などと言った話だ。話のあと、風見は言った。

「石川さんの研究は、まず素直でないとできません。すばらしいことです。縄文時代からカミがある。恐れる対象でも不思議なものでもない。そのカミの声が、石川さんには聞こえることがよくわかりました。素直な研究姿勢は、今回の活動にも欠かせない要素となります。真美チームに秋福村の話がきたことの不思議さを感じました」

隆治は、秋福村で意識を元に戻す活動を進めていた。

前向きな言葉以外は使わない、山などに行って好きなことをしよう、は、村全体に少しずつ広まっている。それらを喚起する貼り紙をしたり、内容を回覧板でまわしたりもしている。役場や自治会の協力などを得られるまでになった。

また、学校や幼稚園などにも、村を元に戻すための標語募集をし、広める活動をしている。「動くことが福の元」、「よみがえれ、秋福村の山と木々」など多数あり、貼り出し掲示板の入れ替えも頻繁だ。

特に、好きなことをしよう活動は予想以上に活気がある。

簡単な石階段の造成などは、大型の重機など使わなくとも、年配の方々だけで笑いながら造り上げてしまう。あなどれないパワーが潜在している証拠だ。

❖

十一月に入り、一平は風見の希望に応えた。秋福村への訪問である。

風見が秋福村に到着した。いつものように隆治が出迎えてくれる。同行の一平は、何人かの村のひとが軽く会釈してくれたのを見た。隆治が知らせていたのかもしれない。

挨拶のあと、風見は言った。

「隆治さんとは初ですが、表情から察するに、まずまずの成果が出ているようですね。しかし、問題も出ているはずです。現場を紹介いただきながら、話を伺いたいと思います」

要点ズバリの言葉に隆治は驚き、同行の一平に目を向けた。一平からは、

「でしょう。指導役、適任ですよ」

と、風見を推薦した自分が正しかったという信号を返した。


まず、奥の院のあった場所、三段ひな壇だ。その日、少し薄曇りで寒い日であったが、何人もの人が出ている。年配のひとが多い。

どうやら、上流から水を引いて間もないようで、水を溜める場所の整備に何人かがついている。また、その水を使い、ひな壇の三層の平地をていねいに掃除している。落ち葉の多い季節だが、毎日、掃き掃除をし、水で清めているひとたちだ。風見は声をかけた。

「こんにちは。このひな壇、きれいになりますね。色が少し変わっているようですが」

聞かれたのは、80歳近くのおばあちゃんだ。

「このあたりの石はきれいな灰色が多いんです。今のひな壇からは、いろいろな色が出てきます。昔から、秋福は五色岩があるといわれているんですよ。このひな壇から出てくる色がそうかいな

と思うて。きれいにしてますわ」

聞けば、透きとおるような灰色のほか、赤、黒、緑、そして黄色の五色があるとのことだ。

風見はひな壇の端のほうに歩いていった。そして、段差となっているあたりの岩を、形のいい階段に整備しているおじいちゃんに声をかけた。

「いい階段になりますね。ところで、あのあたりの山ですが、植林したのはどのあたりでしょうか。自然林と一体化しているので、よくわからないのです」

おじいちゃんは、答えてくれた。

「わしらがした植林は、この山の斜面のずっと下のほう。ここらの斜面には、植林はしてねえ。昔からの木ばっかや。……この間は、あのあたりへ行った。大きな木がいくつもあった」

と、指を差しながら説明してくれた。確かに何本かの大木があるように見える。

このおじいちゃんが、あの山まで行ったということだ。

「久しぶりに山に行ったが、ずいぶんと変わったような気がする。昔は、もっとすっきりしていたような……。木も元気で、間も空いてて、木の根元がきれいだったかな」

隆治は、おもしろいこと、好きなこと、をしているひとの家に連れていってくれた。

その家の大きな庭に、いくつもの木枠が造られている。それぞれの枠に、盆栽というか、箱庭というか、いろいろ石や木、苔などが入れてある。「ミニ秋福」と呼んでいるらしい。好きなことをやりましょう、と聞いて始めたそうだ。今では、村の中で有名になっている。

隆治が案内をしてくれている最中に、現れてきた問題も話してくれた。今、役場などで出ている問題は、たとえば次のようなものがあるとのことだ。

・好きなことをやれというが、年配者や子どもの事故やケガの保障をどうするか。
・村のひとが整備をしてくれるが、素人のため、安全面の心配がある。
・好きなことをしよう活動とはいうが、体が動かないひともいる。差別化につながらないか。

などである。風見はそれらの話を聞くたびに、

・それらの問題は、現代社会をむしばむ問題でもある。
・秋福村の再興を目標として掲げた場合、いずれも取るに足らない問題。

であると言った。そして、

・すべて、前向きに考えれば解決するはずであろう。
・事故やケガ、安全の心配は、老人や子どもなどに自己責任ではイヤかと聞けばいい。
・活動ができないひとのことは、そのひとで考える。気にすることではない。

などと言い切っていた。隆治は、それらを記憶している。

風見は、ひとまわりさせてもらったあとに、隆治に次のように言い残した。

「秋福村がすばらしいところであること、よくわかりました。大変勉強になりました。宝石の中にいるような空気感でした。これも隆治さんが盛り上げているからでしょう。

前向きの言葉を使う活動は、このまま続けられるべきです。多くの方が心地よくなっているはずです。好きなことをしよう活動、これもすばらしい。今でもすばらしい成果が出つつあります。ひとが活き活きとしている、これに増すものはありません。それに、それぞれの方が思いつくのも自由、動くのも自由、この基本を大切にされるといいでしょう。

たとえば、山や木々を大切にする思いがあれば、四の五の言わず、やってもらいましょう。そのひとも、山や木々、谷や水も、見違えるように変わってくるはずです。また、モノを作ることもどんどん広めることです。ミニ秋福なんかは、確実に多くのひとから反響があるはずです。

さて、これからですが、活動がバラバラではいけません。秋福村に元気復活に向けては核となることがらが必要です。そのことがらを見つけ、それに向かって多くの活動を集めていきます。これが目標となります」


この後、隆治と三人組は、この目標に向かうことになる。

❖

師走に入り、今度は隆治が街に来てくれた。３人組と風見とで隆治を迎えた。

風見が話を始めた。

「隆治さん、頻繁に状況の報告をしてもらい、ありがとうございます。早速ですが、隆治さんは、この活動の核となることがらの方向性をどのように考えていますか？」

いきなりの質問であったが、隆治はしっかりと答えた。

「具体的に固まりそうなところにまで来ています。皆さんと会話したことを思い出し、実現への手ごたえを感じています。また、村のさまざまな連中とも打ち合わせを多くしています。総意として、村の問題、即ち過疎化や高齢化、産業起こしなどの課題を解決していきたい。これから詰めてゆく具体的プランは、一過性でなく、永く続けられるものとしたい。まずは、村を守ってもらうための神社を再建しよう、これを核となることがらにしたいと思っています。中間結果ですが……」

はっきりした考えである。風見は言った。

「今のお話でわかりました。隆治さんが村を引っ張っていることが。ひとつ、お願いがあります。神社の建設着手はもう少し待ちませんか。新しい秋福の幕開けにふさわしい何かがあると思います。そのプランが固まるまで待ちましょう」

その後、具体的なプランについて、2時間ばかり話し合いをした。ひとと木とのマッチングである。

隆治は、早口で元気に話してくれた。村のひとたちには、秋福村元気復活への好奇心と活力が、想像以上にあるとのことだった。また木の種類や性質についての説明、木の耐久性や育った環境と強度の関係など、木のおもしろさを伝えてくれた。

ひとの個性と木の個性とのマッチングは、木に触れることの少ないひとにとっては、すばらしい体験になるであろうと強調していた。木に触れるとやさしくなれるらしい。

真美は、多くのひとが喜びそうな、木の特性を利用した日用雑貨のデザインを数多く説明した。その上で、村に来てもらったひとに、まず、自分の感覚に合った木を自由に選んでもらう。そして、説明したデザインをベースとし、個人個人で好きなモノを作ってもらう。製作したあとは、持ち帰ってもらってもよし、村へ寄付してもらってもいい。寄付されたモノは、村で大切に活用する。

一平からは、大きな建造物を造るといいという提案があった。木の種類や量が豊富なため、柱や壁板などは、潤沢な木材でいかようにもできる。自由にできる。その大きな建物を目当てに、ひとが集まるという案だ。ランドマーク的なものを、神社の近くに造る。建築の話は任せておいてくれ、と。

石川は口数が少ない。今回も、いつものように楽しそうな表情のまま、話に聞き入っている。

しかし、真美のデザイン説明の時、木のスプーンに見入っていた。そのときのひと言は「このかたち、どこかの遺跡から出たような……」だった。

また、村にはすばらしい自然の木々、天然の岩や石がある。水もおいしい。私は、秋福村をいっぱい探検してみたいと感想を漏らしていた。


ひとしきり話が終わったあと、風見が言った。

「それぞれのすばらしい具体案は、一見つながりが薄いように見えます。関係を持たせることができれば、そこから相乗効果が生まれます。できるような気がしますね」


話をその方向に変え、そして意見が合ってきた。

神社の近くにランドマーク的な建物を造る。

ひとと木のマッチングにより、木の特性を活かした、そのひとのほしいものを製作する。山や谷で遊ぶ、探検する。

そして、これらの活動は一過性でなく永く続ける。


やがて具体的に内容が整理できるほどに詰まってきた。

①三段ひな壇の場所を、中心の場所とする。
②神社の近くに、ランドマーク・タワーを造る。名は「木の精霊塔」、石川の案だった。
③木の精霊塔は、木をベースとする。ひとが選んだ木を材料として建てる。
長い年月をかけ、少しずつ成長する建物とする。年輪イメージで成長させるのがよい。
④この村に来るひとは、お気に入りの木を選ぶ。選んだあとは、どのようにしてもよい。
そのまま持ち帰ってもらってもいい。
何かを作るのであれば、その場所や道具は村が提供する。
製作するモノは、参考となる多くのデザイン作品を準備しておく。
村のひとは、製作についてどのようなことも手助けする。
製作したモノは、持ち帰ってもよし、村に寄付してもよし。
寄付の場合は、木の精霊塔の建築部材として永く活用する。
⑤ここに来るひとは、この中心の場所を起点にして、山や谷を好きに探検できる。
山や谷・自然の木々・五色岩など、探検案内を充実させる。
⑥開始は、神社の再建時期に合わせる。
この構想に合わせ、隆治が、全体日程計画、村での手続きや神社再建スケジュール、採算計画

などの原案を考える。真美と一平は、基本構想を資料としてまとめることになった。石川はこれといった役割分担はない。あえていえば、木の精霊が喜んでくれることは何か、秋福村に行って探検することだ。

真美と一平、それに隆治には、さらに宿題が増えた。いや、増えたと認識した。帰り際の石川が言ったひとことである。

「隆治さんの会社に割り箸の製造設備がありましたよね。割り箸を使うことは、決して自然破壊につながりません、むしろ逆です。木も大喜びのはずです。新しい割り箸を作りませんか」

割り箸事業の復活という宿題である。

今では安価で手に入る割り箸だが、秋福村ならではの新しい割り箸を考える。

真美は石川のことを思った。ずっと知っている仲だが、いまだに奥が見えない。変わり者といわれているけど、奥が深いのか、無いのか。楽しそうにいつも話を聞いている。たまに話すことは、少し外れているようだが、的を射ている。瞬と会ったときは、すぐに仲良くなり、じゃれている。石川は独身、彼女もいない。食事もいいかげんと言っている。瞬は、石川のことをおもしろいひととは言っていない。いてくれるといいねと言っていた。風見さんも言っていた。瞬君の意見を大切に、と。

❖

隆治は街に来たときには、理沙と会った。

理沙も楽しみにしていた。村を出たいという気持ちは既に過去のもの。今、本当に大切なものが村から来てくれているような気がしていた。

変わらず、隆治はバカな話し方だったが、内容はすばらしい。

「真美さんは、木の年輪に興味があるみたい。精霊塔のイメージに年輪が採用されそうで、喜んでいた。この間は、ケヤキの年輪と自分の年齢と比べてたわ。お願いしている木のデザイン費用も安くしてもらったよ。その代わり、秋には秋福弁当を作らないといけなくなった」

「一平さんは社会問題に興味があるって。いろいろなことを知っている。先日は、商標の件で特許庁にまで一緒に行ったんだ。特許庁のひとって役人、もっと堅くないと日本がダメになってしまうわ。ははっ、冗談だよ。優しく頭の柔らかいひとが多かった」

隆治は続ける。

「秋福村を探検して考古学の研究になるのかなぁ。石川さんの頭の中、思考回路を見てみたいもんだ。いつも変ったことを言ってる。この間は、祭りの時に持ってる木の棒、あれを見たいって。石川さんは、見て触ったあと、さて、何を言ったでしょう――見える見える、五色の石のありかがわかったって」

理沙は、三人の話を聞きながら、ふと真美さんに会いたくなった。

隆治が聞いてきた。

「どう、この秋福村の元気復活計画。すばらしいひとたちと考えたから自信があるんだ（ごっくん）。理沙の目から見て、どう？　合格かい。村に戻ってくるか」

「ご・う・か・く・よ」

理沙も隆治も、結婚しようと思った。

❖御神体

古村隆治プロジェクトが始動した。村には、反対意見もまだ多い。村の静けさが破壊されることが一番の理由だ。それには、隆治の父、古村重隆が説得に当たった。また、広瀬良蔵も推進側として首を突っ込んでくれ、三段ひな壇の土地権利などを村役場と調整してくれた。

温泉の出る隣村とも協力した。

総合的な構想も公表された。2年後から少しずつ実施に移す。秋福村に住んでみませんか。秋福村に別荘を持ってみませんか。秋福村に遊びにきませんか。全国からも、少しずつ注目を浴びた。4年で豪雨災害を克服し再興する計画となっている。

理沙は隆治プロジェクトに参加している。ある時、真美に出会った。

「はじめまして。広瀬理沙です。今回は、すばらしい企画提案、ありがとうございます。私も大変勉強させてもらっています」理沙が言った。

「鈴木です。よろしくお願いします」と真美はあいさつした。

隆治が理沙とつき合っていることは知っていたが、今回の活動計画案の審査官が理沙であったことは、先日聞いたばかりであった。隆治は、プロポーズ条件をクリアするために、依頼してきたともいえる。真美は、その話を聞いた時、そんなことがプロポーズの条件かと思い、我慢できず、隆治に男らしくないと言ってしまった。

少し気まずくなったが、隆治から、計画案が不合格であってもプロポーズはしますと、はっきり聞けて、さっぱりしていたところである。

「今回の秋福村の元気復活計画はどうですか」と、真美が理沙に聞いた。

「私は、一度秋福村を出た人間です。しかし、村以外の方が、本当に真剣に取り組んでもらっていると知ったときに、恥ずかしくなりました。村にはすばらしいものがいくつもあることを教えてもらいました。今回の計画は、すばらしいアイデアの固まりです」と理沙は言った。

「秋福村は、元気で明るいひとが多い。理沙さん含め、独特の空気感というか、汚れていない日本を感じます。ここに来ると、いつも何かが洗われるような気がします。特に、秋のお弁当ですべてすっきり洗われます。あのお弁当がなかったら、お仕事を受けなかったかもしれません。隆治さんですが、元気がよくすばらしい行動力があります。加えて、私は何かを察知する能力もあるように感じています」と真美は言った。

「そうですかね。本人は勘のようなものがあると言っていますよ。右目の奥あたりで何かを感じるようです」と理沙は言った。

真美は聞いてびっくりした。右目の奥、これは石川からも聞いたことがある。遺跡にたたずんでいる時に、突然ピクピク、目の奥に何かを感じると言っていたことを思い出した。男のひとは、そこに何かあるのかと思ってしまう。

「隆治さんの右目奥の話は、初めて聞きましたが、その勘とやらは、まず外れません。私にはわかります。男のひとの、その勘は、純粋で素直なひとだけの特徴だと思いますよ」

と真美は言った。自分に向けての言葉でもある。

「私もそんな気がしています。ひとのできないことをやるには、何かに導かれるままに素直になることが大切なときもありますね。隆治は、本当に素直なんですよ」と理沙が言った。
真美は、理沙と隆治が結婚することがわかった。

一平は、木の精霊塔を安心確実な建築物になるよう、細かな調整をしている。また、再建する神社についても建築のアドバイザーとなり、ようやく着手に至った。天地のカミを鎮める神事は、来年の秋に実施し、その後、着工となる。
真美も忙しい。木で作る日用雑貨品のデザインもかなりの数になる。手は抜かない。また、しっかりとした安全で美しい建築部材のデザインも担当している。部材とするには、絶妙で繊細な凹凸が必要となる。鉄くぎを使わず大きな建造物を作る。この凹凸が安全性の鍵となる。強度計算を一平に支援してもらいながら苦労していた。年輪をイメージした部材、年を重ねるごとに部材の形も変化させてゆく必要もある。難しいが、楽しんでいた。

❖

さて、石川の出した割り箸の宿題だが、そのあともずっと、一平と真美、隆治で打ち合わせをしている。秋福村の元気復活プロジェクトで大忙しだが、なぜか手を抜けない宿題であると、みんなが思っていた。

いろいろなアイデアが出た。しかし、割り箸という単純なもののため、アイデアには限りがあった。行き詰っていた時、

「私、アイデア賞をもらったことがあるんです。小学生の時です。ほとんど賞などもらったことがないので、よく覚えています。お話ししましょう」

と、石川がアイデア賞を受賞したときの話をした。その話とはこうである。


私が小学生の頃、夏休みに山に行ったことがある。入っていた剣道少年団の関係でだ。マイクロバスで行った。夕食のあと、外はずいぶんと暗くなっていたが、少し冒険をすることになった。お化け屋敷にでも突入する気分だった。数人で宿を抜け出し、谷筋を登っていった。晴れていたので、星はしっかり見えていた。谷のあちこちを、自分の望む場所に登ってみたり、滑ったり。足や手を擦りむきながら遊んでいた。

ふと気がついた時、まわりには誰もいなかった。見当たらなかった。少し曇ってきたかと思いながら歩き、私は少し広いところに出た。

何か声がする。

「わいわい、まつりン」「まつりはわいわいン」

「こなあかん、こなあかんン」「まつりにこんあかんな、まつりにン」

かなりなまっている。ンが長く感じられる。

どこから聞こえてくるのかな。

虫の声も聞こえない。夏なのに。

友だちは誰も見当たらない。長い静寂のあと、あっ、またあの声。

「わいわい、まつりン」「こなあかん、こなあかんン」

右目の奥がピリピリして、その奥に染み入るような声だ。


そのあとは記憶が途切れた。

気がつけば、まわりがぼぉっーと明るくなっている。近くに折れ枝があった。手に取ると、しっかりした枝で先が二股。両手で触れただけでパキッと真ん中で割れた。割れて現れた枝の内側面が少し光った。美しかった。

そして、枝から声が聞こえてきたような気がした。

「とっしゃん。たのむよン」

とっしゃんとは敏也、私のことかなと。木が話しかけてきた。ほな、あほな。

私は枝に聞いてみようと思った。どう呼びかけようか。山の、たぶん杉だから、ヤのス。ヤスでいいや。

「ヤスさん。ヤスさんが話しているの？」「ヤスさん、僕の友だちはどこにいるの？」

枝から答えはなかった。しかし、美しい割れた枝の内側面がみるみる変わり、文字が現れてきた。「おおきなき」と読めた。

私は、ぼぉっーと明るくなった周囲を見渡し、ひときわ大きな木を見つけた。そしてそれに向かい歩いていった。

「敏也だ。いたいた、敏しゃんだ」

数人が騒いでいる。どうやら探してくれていたようだ。時間もずいぶん経っていた。朝の５時前だったそうだ。

この経験を、夏休みの感想文に書いた。ヤスさんから聞いた言葉、枝を割ったら字が現れたこと、記憶にあることを書いた。感想文コンクールでアイデア賞だったので、よく覚えている。しかし、本当のことを書いたのに、なぜアイデア賞なのか、今でもよくわからない。

それ以来、あの時のことをたまに思い出す。楽しそうに話していたヤスさんとその仲間、あのなまり、あの声。

石川の話を聞いた隆治は驚いた。

「石川さん、それは、たぶんこの村ですよ。その事件のこと、おやじから聞いたことがありますよ。事件や事故がほとんど起きない村なので、ひとつの事件として、今でも知っているひとは多いと思います」

❖

この話が元となり、新しい割り箸のアイデアが生まれた。

割り箸を使うとき、割ると見える箸の内側。そこに文字や絵柄が現れるという割り箸だ。このアイデアは、思いがけないところからモノが現れるという意外さがある。

ただし、それだけのものである。しかし、現れるモノを変えれば無限の可能性がある。文字だけでもバリエーションは数え切れない。図柄を入れればさらに広がる。塩や胡椒などの実物を入れておいてもいい。偶然性を追求するのであれば、宝くじ的、おみくじ的な割り箸にもなる。神社にもピッタリである。

いずれにしても、箸を使うひとを楽しくさせる、和ませる箸になることは間違いない。縁起をかつぎ、箸は割るのではなく開くとする。名づけて「開運753（なごみ）箸」。

早速、試作に取りかかる。真美と瞬ががんばった。手先の器用なふたりが、薄いシールに、適当な文字や図案を書き、サイズを整える。その割り箸の内側に貼りつけないといけない。割り箸が割れてしまわないように注意深く差し込む。

試作品を作り、一平、隆治に見せたところ、おおいに受けた。おみくじだ、御神籤だ。

一平は風見に相談した。石川の不思議な体験談と、新しい割り箸の試作品の披露だ。ひとしきりの説明を聞いたあと、風見は言った。

「どんな活動においても、必要なことがらが揃わないと完成しない。今回の一連の活動では、新しい割り箸の開発が最後のピースでしょう。これですべて整ったようです。割り箸は、再建する神社のおみくじとしてもピッタリですが、御神体となるほどの価値があるかもしれません」

さらに、

「今回のプロジェクトでは、多くのアイデアが現れ、また実現をしました。ランドマークの木の精霊塔、新しい割り箸など、知的財産権の権利化を取得しておくとよいでしょう。いつの世にも賊がいます。秋福の大切な財産を守る意味で、押さえておきましょう」

現在は、新しい割り箸のプロジェクトも同時並行している。

高品質のものを作る必要がある。割り箸に、どのように文字や図柄を仕込むか、その製造工程がひとつのポイントでもある。現在は、複数の方面で研究をしてもらっている最中だ。微細加工や、熱を利用した図柄加工、超薄型シールの開発と挿入機械開発などである。

この割り箸の話が秋福村に伝わると、不思議な現象が起きた。村に伝わっている話の中に、木を割る話がある。また、大昔には神社での会食には割り箸を使っていた。割れ方で村の判断をしていたのだ。最近は伝承だけとなっているが、その行ないも復活しようという。ここにも年配者の元気が光る。大量機械生産ではなく手作りで、秋福村にあるいろいろな木を使い、割り箸の研究が始まった。当然、割り箸を割った時に、文字などが現れる工夫をしている。また、割れ方の違いによる占いの要素も加えるという。

秋福村では、再建する神社の御神体を何にするか、検討されていた。豪雨災害の時に唯一見つかった神具、あの、祭りの時に持つ木の棒、これは決まっていた。

しかし、割り箸の話が出たあと、この文字の現れる割り箸も御神体にしたいとの声が出ているとのこと。割り箸プロジェクトとのメンバーも驚いてしまった。

❖

古村隆治と理沙の結婚披露宴では乾杯の発声のあと、すぐに説明があった。

「本日のお箸は、おととしの豪雨で被災した杉です。木への感謝を込めて作りました。大昔、この秋福村では割り箸を大切なものとして扱っていたようです。本日の新しい割り箸は、少し変わっています。これを秋福村のブランド商品にしたいと考えています。

ご存じの三段ひな壇ですが、それぞれの広さが、上から、約7対5対3の広さとなっています。それに加えて、ひとびとが和むようにとの思いを込めて『開運７５３箸（なごみばし）』と名づけました」

このような説明があった。開運７５３箸の披露宴でもある。列席者は、新しい割り箸がどのようなものかは知っていたが、宴席で見るのは初めてだ。

小さく、パキッ、パキッ、と、割り箸を割る音があちこちから聞こえる。

おおっ。感嘆の声がもれる。

割り箸の内側から文字が現れた。

片側に「秋福村、元気復活」

もう一方が「皆様にご多幸を」だった。

どこからともなく、拍手が広がった。にぎやかな秋福村の宴会である。

石川にとって、真美はずっと女神様であった。たまに会えるだけで充分と思っていた。しかし、最近は真美と会うと、右目の奥からささやきが聞こえる。

「一緒になったらン」

石川も箸を割った。

そして割り箸の内面を見た。

現れた文字は、「秋福村、元気復活」「皆様にご多幸を」ではない。

片側は、【とっしゃん】

もう一方は、【まみまみでヤス】と読める。ヤス？　ヤスからだ。

いつのまにか後ろに来ていた瞬が、その文字をのぞき込み、そして小さな声で「しゅんでヤス」と言った。

石川と真美は結婚することになる。


結婚披露宴の最後に、新郎父親である古村重隆からお礼のあいさつがあった。

その中、次のクダリが入っていた。

「さて、晴れて本日ふたりが結婚に至りましたのは、２年前の豪雨がキッカケであります。

私は、その豪雨のことをはっきりと覚えています。ちょうど、神社の裏山に材木を見にいくところでした。しかし車が動きません。タイヤに大きな木の枝が刺さっているのです。今までに経験がありません。そして裏山が大きく崩れました。間一髪です。他の大勢の方も、ぎりぎり助かった方ばかりです。亡くなられた方、ゲガをされた方、いずれもゼロ。この奇跡はなぜおきたのでしょうか。秋福村の守り神が、我々に気合いを入れてくれたに違いありません。もっと元気になれ、いや、元気を取り戻せと。それに応えるよう、皆様とともに、そして隆治、理沙も、元気な秋福村にしないといけません」

❖

豪雨災害から四年以上が経過した。本日は、新しい奥の院神社のお披露目である。

秋福村のひとが大勢参加している。老若男女、いずれも元気いっぱいである。

村を一度出たひとも、大勢が見にきていた。「村に戻るか?」の声も聞こえてくる。

神社までの参道、いままでは何もなかったが、村のひとによる屋台風の建物がいくつも見える。

村の伝説などを伝える、「伝承秋福村」として記録に残すことも少し前から始まった。秋福村の成り立ちから奥の院がつくられた話、江戸や明治時代の伝承もある。

その中に最近の豪雨ネタも入っている。今回の元気復活活動が締めとなっているらしい。また、なんと、少年石川の遭難事件も入っているらしい。

新しい神社の境内に木の精霊塔がある。形になってきた。直径2メートル、高さ5メートルの塔のベースがつくられている。ここに、毎年数センチのペースで、年輪のごとく、太く高くランドマークとして成長してゆく。成長させる建築部材は、ひとと木のマッチングで作られるデザイン商品である。

神社の御神体は、災害時に唯一見つかった「木の棒」だ。

その隣に、新しく御神体認定の「開運753箸」がある。特許証書・商標登録証も添えられた。

境内の真ん中では、隆治と理沙の一歳になる子ども、隆秋《たかあき》が遊んでいる。何かを追いかけている。戻ってきた山の多くのカミたちと、騒いでいるに違いない。

「たかたか、こっちン」

「あきあき、こっちン」

「わいわい、わいわいン」

割り箸神社の創建物語。

著者紹介

井山あきら（いやま・あきら）

1958年生まれ。岐阜県出身。慶應義塾大学理工学部卒業後、ロジスティクス・ＩＴの会社に勤務。企画開発に携わる。与えられた環境の中、自分の考えたビジネスを展開したいと常に思い活動を行なう。実現できたことはわずかだが、空想し、実践できたことで充実した会社生活を送る。60歳で定年退職。48歳のとき、全国で50ほどある個人発明家の研究会のひとつ「東海発明研究会」に参加。理事を経験した後、2016年から理事長を務める。本名、問山昭（といやま・あきら）。

現在、「これからのかたち研究所」代表。個人発明の価値を後世に残すため「トの発明伝房」として活動中。

発明伝房《はつめいでんぼう》　凡人凡発明《ぼんじんぼんはつめい》、開《ひら》き直《なお》りの［発明小説《はつめいしょうせつ》］

2021年8月12日　第1刷発行

著　者　井山《いやま》あきら
発行者　落合英秋
発行所　株式会社 日本地域社会研究所
〒167-0043　東京都杉並区上荻1-25-1
TEL　(03) 5397-1231（代表）
FAX　(03) 5397-1237
メールアドレス　tps@n-chiken.com
ホームページ　http://www.n-chiken.com
郵便振替口座　00150-1-41143
印刷所　中央精版印刷株式会社

ISBN978-4-89022-279-7